Frühlingserinnerungen

Angela Gaede

W0277455

Erste Auflage

© 2015 by Angela Gaede
Cover-Gestaltung: A.Gaede
Lektorat: S.T. Liebfreund
Alte Chaussee 4,
65589 Hadamar, Germany

Mehr Infos unter
www.angelagaede.de
E-Mail: angela@angelagaede.de

ISBN-10: 1517080711
ISBN-13: 978-1517080716

Inhalt

Danksagung

Ich danke meiner besten Freundin und meiner besseren Hälfte für ihre guten Nerven, Augen und Ohren.
Ich möchte mich auch rechtherzlich bei meiner lieben Autoren-Kollegin Christa Kuczinski für ihre ersten Eindrücke bedanken.

Einen ganz besonderen Dank geht an meine Muse, die man wirklich nicht verärgern darf.

Verkauft

Das Rot der Ampel wirkte wie eine Aufforderung noch einmal innezuhalten, nachzudenken, durchzuatmen. Lief sie nur weg oder war es eine freiwillige Entscheidung? War es an der Zeit sich zu verändern oder steckte nichts weiter als Angst dahinter?
Es war eine Mischung aus Beidem, gestand sich Imogen ein. Sie hatte sich schon eine Weile nicht mehr richtig wohlgefühlt, etwas fehlte. Es war also Zeit gewesen weiter zu ziehen, sich ein neues Zuhause zu suchen. Ein bisschen Flucht war es ebenfalls, auch wenn sie wusste, dass sie nur schwerlich ihren eigenen Gefühlen, Gedanken und Dämonen entkommen konnte. Es gab immer einen Umzugskarton, in dem sie sich versteckten. Flucht war ein zu großes Wort. Schließlich war sie keine Insassin von Alcatraz gewesen. Abgesehen davon, hatte sie knapp ein Jahr damit verbracht, nach einem neuen Zuhause zu suchen. Sie hatte unzählige Häuser besichtigt, mit den Banken verhandelt und das war nur die Vorbereitung gewesen. Ein Umzug organisierte sich schließlich nicht von selbst. Wobei eine Flucht aus einem Gefängnis sicherlich auch eine lange Vorbereitungsphase

brauchte.
Vor der Liebe floh man allerdings Hals über Kopf. Man packte die Koffer und fuhr davon. Auf diese Weise machte man es doch oder? Zumindest in Filmen und Büchern.
Viel Natur, viel Ruhe und genug Platz für all ihre Bilder, das brauchte Imogen, das war es, was sie wollte. Ruhe, die ihr den Raum gab, sich selbst zu entfalten. Womöglich war es ihre Muse, die diesen Raum brauchte. Auch das war ihr recht, schließlich durfte man seine Muse nicht verärgern.
Nein, es war keine Flucht, weder eine organisierte noch eine überstürzte. Es war die Hoffnung auf einen Neubeginn, der die Wunden des Herzens und der Seele heilte.
Die Ampel erstrahlte in einem grellen Grün, als wollte sie ihr sagen, dass ihre Gedanken und Gefühle für akzeptabel erachtet wurden und sie nun endlich in ihr neues Heim aufbrechen durfte. Imogen grinste bei diesem Gedanken und trat auf das Gaspedal.

Das weiße Schild, auf dem der Name und die Telefonnummer des Maklers standen, war abgenommen worden. Es fiel Lilly nicht sofort auf, sie registrierte nur, dass etwas anders war. Erst als sie ihr eigenes Haus erreichte, wurde ihr bewusst, was das Gefühl der Veränderung erzeugt hatte. Es war das Schild des Maklers, das vor dem Nachbarhaus fehlte.
Das konnte nur bedeuten, dass jemand das Haus gekauft hatte.

Wer mag dieser Jemand sein?, fragte sich Lilly.
War es eine Familie mit Kindern? Ein Ehepaar, das sich erst ein Nest bauen und dann Kinder in die Welt setzen wollte, wie sie und ihr Mann?
Es ist ziemlich merkwürdig, was man wahrnimmt und was nicht, überlegte Lilly. Wenn man tagein, tagaus denselben Weg entlang ging, bemerkte man die kleinsten Veränderungen. Ein neuer Briefkasten, ein neues Auto vor der Garage, frisch gestrichene Fensterläden.
Warum nahm man solche Dinge, Dinge der Außenwelt, wahr, während man die Augen vor dem verschloss, was direkt in den eigenen Wänden vor sich ging?
Ein neuer Anstrich des Nachbarhauses dringt ins Bewusstsein, die neue Frisur bleibt vom eigenen Mann hingegen unbeachtet.
Lilly schloss vorsichtig die Tür hinter sich und horchte in das Haus hinein. Alles war still. Patrick schien noch zu schlafen. Leise ging sie in die Küche, füllte die eben gekauften Croissants in einen Korb und stellte ihn auf den Tisch.
Jeden Morgen machte sie das Frühstück, deckte den Tisch und holte die Zeitung rein. An den Wochenenden hatte es sich nie wie Routine angefühlt, trotz der immer gleichen Handgriffe. Vor einigen Wochen hatte sich das geändert. Sie wusste nicht warum, sie konnte nicht den genauen Tag benennen. Die Freude war verschwunden, die Routine hatte sich ausgebreitet.
„Oh, du hast schon für uns beide gedeckt."
Erschrocken wandte sich Lilly der Küchentür zu. Sie war davon ausgegangen, dass Patrick noch tief und fest

schlief. Mit einem strahlenden Lächeln, einem dazu passenden, weißen Hemd und seinem dunkelblauen Anzug stand er da. Groß, selbstbewusst, er sah toll aus, wie immer. Anzug an einem Samstag, das konnte nur eins bedeuten, er musste zur Arbeit.
„Ja?" Es war keine Antwort, es war die Aufforderung auszusprechen, was beide wussten.
„Ich muss ins Büro."
„Oh!"
Patrick bedachte seine Frau mit einem beschwichtigenden Lächeln, was unnötig war, da sie keinen Ärger verspürte.
„Soll ich dir ein Sandwich für die Fahrt machen?"
„Das wäre nett, Kleines. Wo ist die Thermoskanne?"
„Bei den Tassen."
Salami, seine Lieblingswurst.
Kaffee, sein Lieblingsgetränk, noch vor einem guten Wein.
Kartoffeln, seine Lieblingsbeilage.
Zitronenpudding, sein Lieblingsdessert.
Die Liste von Patricks Lieblingsdingen war lang und sie kannte sie auswendig. In den Jahren, in denen sie bereits zusammen waren, hatte es ihr immer Freude bereitet, ihn mit seinen Lieblingsdingen zu überraschen, doch auch das war mittlerweile zur Routine geworden.
Vielleicht mochte er etwas anderes viel lieber als Zitronenpudding. Vielleicht hatte sein Geschmack sich verändert. Er sagte nichts und sie fragte nicht.
„Wann bist du zurück?"
„Ich hoffe, dass es nicht allzu spät wird", antwortete er.

„Versuch wenigstens, etwas früher zu kommen“, sagte sie, reichte ihm sein Sandwich und gab ihm einen Kuss auf die Wange.
Mit einem Zwinkern und seinem tollen Lächeln verschwand er aus der Tür. Es war neun Uhr zwanzig, an einem Samstag. Ein sonniger Tag in einem kleinen Dorf. Die Stille zog von der Eingangstür durch den Flur in die Küche, umschwirrte Lilly in immer engeren Kreisen, bis sie sie fast zu erdrücken drohte.
Lilly sprang auf, kramte in einem Unterschrank nach einem Tablett, nahm es heraus, stellte ihre Frühstückssachen drauf und ging durch die Terrassentür in den Garten.
Vogelgezwitscher, das Plätschern des kleinen Springbrunnens, der Wind in den Blättern, das Summen von Insekten. Die Geräusche sprengten die Kette aus Stille, ließen Lilly wieder atmen.
Sie setzte sich an den kleinen Mosaiktisch, den sie unbedingt haben wollte, obwohl er gar nicht zum Rest des perfekt gestylten Gartens passte. Nicht einmal passende Stühle gab es zu diesem Tisch. Das war egal, sie liebte den Tisch, gerade weil er nicht in den Garten passte und ein paar Macken hatte. Gerade weil sie ihn sich ausgesucht hatte. Gerade weil sie sich für ihn eingesetzt hatte.
Schon lange hatte sie sich für nichts mehr eingesetzt, vor allem nicht für sich selbst. Für was sollte sie sich auch einsetzen?
Sie hatte Abitur gemacht, ein Studium in Wirtschaft abgeschlossen, einen netten Mann kennengelernt. Sie war

verheiratet, bewohnte ein hübsches Haus mit ihrem Mann und würde zwei Kinder in die Welt setzen, die sich auf dem gepflegten Rasen hinter dem weißen Gartenzaun austoben konnten.
Sie hatte alles, was sich eine Frau wünschte, außer vielleicht einen Job. Sie könnte sich dafür einsetzen wieder zu arbeiten. Natürlich wäre Patrick nicht dagegen, er würde ihr nur erklären, dass keine Notwendigkeit vorhanden sei.
Sie hatten dieses wunderschöne Haus gefunden, in der Nähe seiner neuen, besser bezahlten Arbeit. Das waren zwei Gründe, um sich zu freuen, was Lilly wirklich versuchte, anstatt traurig über den Verlust ihres eigenen Jobs zu sein. Nach unzähligen Bewerbungen und sinkendem Mut, hatte er ihr gesagt, dass sie sich nicht unter Druck setzen solle, schließlich hatten sie ausreichend Geld, ein zweites Einkommen war demnach nicht erforderlich. Das alles hatte er natürlich mit seinem bezaubernden Lächeln untermauert. Zudem waren Kinder geplant und die in absehbarer Zeit. Also konnte sie sich schon mal in die Rolle der Hausfrau einleben.
Die Idee war zumindest nicht unlogisch gewesen. Einige ihrer Bekannten und Freundinnen machten es so. Sie lebten erst einmal als Hausfrau, bis die Kinder recht zügig kamen und stiegen nach einigen Jahren wieder ins Berufsleben ein. Eigentlich hatte es bis jetzt nur Sonja auf diese Weise gehandhabt, die anderen empfanden ihre Kinder noch für zu klein und zu mutterbedürftig.
Ihr Mann war kein Macho, kein Gegner der Emanzipation, schließlich hatte er ihr angeboten, weiter

nach Arbeit zu suchen, wenn sie das denn bräuchte, um sich selbst zu verwirklichen.
Selbstverwirklichen?
Konnte man das denn eigentlich nicht nur dann, wenn man sein Selbst kannte?
Wenn man wusste, wer man war?
Für Männer war es Arbeit und Karriere, für Frauen Selbstverwirklichung. Degradierte das nicht die Arbeit der Frau? Wurde die Arbeit der Frau, egal wie hart sie war, durch solche Einstellungen nicht in ein Hobby umgewandelt? Ein netter kleiner Zeitvertreib, damit Frauen nicht in Depressionen verfielen, ihre Männer nicht nervten und etwas zu tun hatten?
Sie war gesund, hatte Geld, einen Mann, ein Haus. Es ging ihr gut, für was sollte sie sich also einsetzen?
Sie hatte sich für einen kleinen, alten Tisch eingesetzt, das reichte fürs Erste. Wann immer ihr solch ein Stück über den Weg lief, konnte sie sich dafür einsetzen, das war doch etwas.
Retterin der alten, nicht passenden Möbel.
Sie nahm einen Schluck Kaffee und stellte leicht verärgert fest, dass er bereits kalt war. Kaffee wurde immer zu schnell kalt. Vielleicht sollte sie auf Tee umsteigen, der kühlte nicht so schnell ab.
Ein neues, lautes Geräusch zog ihre Aufmerksamkeit auf sich. Gespannt stellte sie sich auf die Zehenspitzen und lugte über die Hecke. Ein Lastwagen fuhr an ihrem Garten vorbei. Auf der Seite prangte in roten Buchstaben "Henry, die Besten für Ihren Umzug". Lilly kam das fehlende Schild in den Sinn. Auch auf die Gefahr hin

neugierig zu wirken, eilte sie zurück ins Haus und zur Tür.
Der Umzugswagen stand vor dem Nachbarhaus und hatte bereits die Laderampe heruntergelassen. Die Firma war von der schnellen Truppe. Eine große, blonde Frau, die man nur als attraktiv bezeichnen konnte, sprach mit den Umzugshelfern und erklärte ihnen, was sie zu tun hatten. Die gerade Haltung, die vor der Brust verschränkten Arme und die kurzen, präzisen Anweisungen verliehen ihr eine autoritäre Ausstrahlung. Anweisungen zu erteilen, war ihr eindeutig nicht fremd. Lilly starrte die Frau an. Nicht nur, weil es das Aufregendste war, das in den letzten Monaten in dem Dorf geschehen war, sondern weil die Frau sie faszinierte. *Hör auf zu starren*, ermahnte sie sich, doch da war es bereits zu spät. Die Fremde musste die Blicke gespürt haben. Den Quell der Störungen suchend, sah sie sich um. Kaum hatte sie Lilly entdeckt, ging sie zu ihr rüber. Ein nervöses Kribbeln durchzog Lilly, am liebsten hätte sie sich umgedreht und wäre wieder im Haus verschwunden. Allerdings wäre so ein Verhalten sehr unhöflich gewesen, noch unhöflicher als ihr Starren und das neugierige Beobachten.
Kaum hatte die Frau sie erreicht, begann Lilly zu plappern, jedoch ohne die Worte noch einmal von ihrem Verstand überprüfen zu lassen.
„Hier ist es unglaublich ruhig. Jedes fremde Geräusch zieht direkt die Aufmerksamkeit auf sich. Und da ich gesehen habe, dass das Schild weg war, dachte ich, ich schau mal, ob wir neue Nachbarn bekommen."

Ein entzückendes Lächeln breitete sich über das Gesicht der Fremden aus. Sie streckte Lilly die Hand entgegen und sagte: „Ich bin Imogen, ihre neue Nachbarin, wie es mir scheint."
„Oh ja, wie unhöflich von mir. Ich bin Lilly. Ihre alte Nachbarin."
Imogen schmunzelte, senkte den Kopf ein wenig und blickte Lilly von unten schräg nach oben an.
Lilly wusste nicht, wie sie den Blick interpretieren sollte. War das ein nettes Schmunzeln, auf Grund ihres kleinen ungewollten Scherzes?
Oder war es ein mitleidiges Schmunzeln und ein abschätzender Blick?
Die arme Frau, so jung und fühlt sich schon alt!
Nervosität stieg in ihr auf und sie begann an ihrem Ohrläppchen zu zupfen. Es war eine doofe, nervige und verräterische Angewohnheit, die sie einfach nicht loswurde.
„Ist ihr Mann heute auch am Arbeiten? Müssen Sie den Umzug deswegen alleine koordinieren?"
Kaum hatte Lilly die Frage gestellt, kam ihr in den Sinn, dass Imogen möglicherweise gar nicht verheiratet war.
„Ich bin nicht verheiratet. Das ist mein Haus, ganz alleine. Und da bleibt mir nichts anderes übrig, als den Umzug selbst zu organisieren."
„Bitte entschuldigen Sie. Ich bin nur davon ausgegangen, weil es ein recht großes Haus ist ... Was nicht bedeuten soll, dass es für eine Person zu groß ist. Ich finde es völlig in Ordnung, wenn man sich als Frau selbst ein Haus kauft. Ohne Mann. Ist ja eine gute Altersvorsorge", Lilly

verstummte, sie wollte es nicht noch schlimmer machen, durch ihr dummes Geplapper.
„Vor allem ist diese Art von Altersvorsorge wichtig, wenn man im Alter nur eine Rente bekommt. Also die, von einem Ehemann nicht vorhanden ist."
„Oh nein, so habe ich das nicht gemeint. Ich finde es auch toll keinen Mann zu haben – nicht, dass ich meinen abschießen will. Ich finde es nur gut, wenn jemand keinen Mann hat. Das soll nicht heißen, dass Sie keinen finden. Sie sind übermäßig attraktiv, Sie finden sicher einen."
Imogen legte eine Hand sanft auf Lillys Schulter und lächelte.
„Ich hab schon verstanden. War nur ein kleiner Scherz von mir."
„Entschuldigung, normalerweise plappere ich nicht dermaßen viel Unsinn. Ich weiß wirklich nicht, was mit mir los ist."
„Vielleicht mache ich Sie nervös."
Und damit waren alle Worte aus Lillys Kopf verschwunden. Kein Geplapper, nichts, alles weg. Sie hatte nicht die geringste Ahnung, was sie darauf erwidern sollte.
„Es wäre nett, wenn wir unseren Plausch ein anderes Mal weiterführen könnten, doch jetzt sollte ich einziehen, damit ich auch wirklich ihre Nachbarin werde."
„Natürlich. Ich wollte Sie nicht aufhalten."
Imogen nickte zum Abschied und Lilly wollte winken, vergaß jedoch die Hand zu heben.
Wie paralysiert ging sie zu ihrem Haus zurück, schloss die Tür und schlug sich die Hand vor den Kopf.

Sie hatte die Fassung verloren. Auf sehr seltsame Weise hatte sie die Fassung verloren. So etwas passierte ihr nie. Na ja, so gut wie nie. Eigentlich war sie ein sehr höflicher und zurückhaltender Mensch. Womöglich war etwas dran an dem, was Imogen gesagt hatte. Vielleicht lag es an ihr? Imogen hatte sie völlig aus dem Konzept gebracht, aber warum?

Sie machte einen sehr selbstbewussten Eindruck, das konnte einen nervös werden lassen. Hinzu kam ihre Attraktivität, die womöglich irgendwelche Urängste weckte, schließlich konnte ihr Mann zu demselben Schluss kommen.

Eine attraktive, alleinstehende Nachbarin, fingen nicht viele Erwachsenen-Filme mit dieser Einleitung an?

Aber war es das wirklich?

Hatte sie Angst um ihren Mann, ihre Ehe?

Eigentlich nicht.

Wie groß war die Wahrscheinlichkeit, dass ihr Mann eine Affäre mit der Nachbarin anfangen würde? Nicht sehr groß.

Wie sollte das denn überhaupt gehen, schließlich war Lilly die meiste Zeit über zu Hause? Nein, wenn er eine Liebschaft mit einer anderen Frau anfangen würde, dann wohl eher mit jemandem aus der Firma. Das war viel sicherer und bequemer. Überstunden, Geschäftsessen, Konferenzen, der Arbeitsmarkt bot mehr als genug Ausreden, wenn man fremdgehen wollte. Recht sicher und keine große Anstrengung, das war ganz nach Patricks Geschmack.

Nach ihrem eigentlich auch. Nicht das Fremdgehen, davon hielt sie nichts, doch auch sie mochte es sicher und bequem.
Wer mochte das nicht?
Sicherheit und Geborgenheit waren Dinge, die sich jeder wünschte, ein Urbedürfnis. Bequemlichkeit? Auch ein Urbedürfnis?
Es war angenehm, wenn man es leicht hatte, deswegen musste man ja nicht gleich faul sein.
„Unglaublich", sagte Lilly und schüttelte den Kopf.
Ganz selbstverständlich war sie davon ausgegangen, dass sich Imogen auf ein Techtelmechtel mit Patrick einlassen würde. Aber vielleicht war er überhaupt nicht ihr Typ, oder sie war eine Person mit hohen moralischen Ansprüchen.
Wieso taten Frauen das? Wieso stellten sie jede fremde, gutaussehende Frau direkt unter Generalverdacht? Als wären die meisten Ehemänner so toll, dass sie jede Frau abkriegen könnten.
Immer noch kopfschüttelnd und erstaunt über ihre lächerlichen Gedanken, ging sie zurück in den Garten.
Lilly blickte über den Rasen und entschied, dass sie ihn mähen würde. Wirklich nötig hatte er es nicht, allerdings brauchten die Hecken noch weniger Kontakt mit einer Schere. Sie wollte etwas tun, draußen, im Garten, wo Geräusche und Luft waren. Das Einzige, was es wenigstens ein bisschen nötig hatte, bearbeitet zu werden, war der Rasen.
„Also, dann wollen wir mal!"

Erleichtert stellte Imogen fest, dass ihrer geliebten Stehlampe nichts passiert war. Sie war alt und nicht mehr besonders schön, doch ihr Herz hing an dem Stück. Die Lampe hatte sie ihre gesamte Kindheit über begleitet. Wenn sie krank war, dann hatte sie sich auf dem kleinen Sofa in eine kuschelige Decke eingedreht, beschienen von dem Licht der Stehlampe.
Als ihre Mutter ihr verzweifelt das Nähen beibringen wollte, nutzten sie das Licht der Stehlampe. Die ersten Knutschereien, wenn ihre Eltern nicht zu Hause waren, hatten unter dem dämmrigen Licht der Stehlampe stattgefunden. Und dann wollte ihre Mutter sie einfach wegwerfen. Ein neues Wohnzimmer, eine neue Lampe. Ihre Mutter war mehr als überrascht gewesen, als sich Imogen standhaft für den Erhalt der Stehlampe eingesetzt hatte.
„Aber die ist doch veraltet. Überhaupt nicht mehr modern."
„Aber sie hat trotzdem einen Wert."
„Ach ja? Was für einen? Trödelmarktwert? Die ist überall beschädigt, nicht einmal als Antiquität könntest du die verkaufen."
„Du kannst sie nicht einfach wegwerfen."
„Und ob ich das kann. Es ist meine Lampe und ich will sie nicht mehr haben. Ehrlich gesagt, mochte ich das Ding noch nie. Was für ein unhandlicher Staubfänger."
„Das ist aber nicht nett."
„Weißt du was, wenn dir so viel an ihr liegt, dann pack sie ein und nimm sie mit."
„In Ordnung."

„Das ist nicht dein Ernst! Du willst dir nicht wirklich diesen Müll in deine Wohnung stellen?"
„Ich mag die Lampe. Wenn du sie nicht mehr willst, dann nehme ich sie. Weggeworfen wird sie auf keinen Fall."
Ihre Mutter hatte den Kopf geschüttelt, sich jedoch jedes weitere Wort verkniffen. Sie verstand ihre Tochter nicht und hatte es längst aufgegeben mit ihr zu diskutieren. Imogens Mutter war eine praktische, geradlinige Frau, paradoxerweise war es genau das, was sie manchmal kompliziert erscheinen ließ. Sie liebte ihre Mutter und sie hatten ein gutes Verhältnis zueinander, allerdings fehlte ein tiefes Verständnis für die Gefühle, Gedanken und Handlungsweisen des Anderen. Früher hatten sie deswegen schwere Gefechte ausgefochten, mit Geschrei, Türknallen und Schweigen. Mit der räumlichen Distanz, die durch Imogens Fortgang nach Frankreich entstanden war, kehrte Ruhe in ihr Verhältnis ein, die Zeit und das Älterwerden taten ihr übriges.
Mittlerweile konnten sie das Anderssein des Gegenübers akzeptieren, nicht immer verstehen, jedoch akzeptieren. Gerne wurden die Konflikte zwischen Kindern und Eltern auf die Pubertät geschoben, Hormone, Entwicklung und so weiter. Da mochte etwas dran sein, als alleinige Erklärung konnte es Imogen nicht gelten lassen. Viel eher steckte eine große Portion Enttäuschung hinter den Kämpfen. Kinder wurden erwachsen, bildeten sich ihre eigene Meinung, ihr Selbst trat stärker in den Vordergrund. Dieses Selbst wich oft von dem der Eltern, oder zumindest von dem eines Elternteils, ab. Erfüllte es nicht die Elternseele mit heimlichem, manchmal offenem

Stolz, wenn sie sich in ihren Kindern erkannten? Fanden sie sich nicht in ihrem Nachwuchs wieder oder erkannten sie unbewusst ihre eigenen negativen Seiten, dann konnte das zu Enttäuschungen führen. Der Heranwachsende suchte hingegen nach Orientierungspunkten, nach einer Wiedererkennung seiner eigenen Gefühle und Gedanken. Halt war etwas Entscheidendes in einer Zeit, in der man sich neu positioniert, sich entwickelt und mit vielen neuen Dingen konfrontiert wird. Sind die Eltern scheinbar ganz anders als man selbst, erzeugt auch das Enttäuschungen. Enttäuscht von sich selbst, von dem anderen, das bietet Zündstoff.

Vorsichtig hob Imogen die Stehlampe vom Lastwagen. Schwer war das alte Ding, schwer und unhandlich. Sie stellte die Lampe ab, drehte sich zum Haus ihrer Nachbarin um und schmunzelte.

Da hatte sie die arme Frau ganz schön geschockt, mit ihrem "Ich lebe allein, habe mir allein ein Haus gekauft und brauche keinen Mann für den Umzug".

Wobei die Männer von der Umzugsfirma natürlich eine große Hilfe waren, die sie nicht missen wollte.

Eine alleinstehende Frau: Die potenzielle Gefahr für jedes friedliche Nest. Wo die Ehemänner nur auf eine derartige Gelegenheit lauerten. War es nicht das, was in den Köpfen der meisten braven Ehefrauen vor sich ging? Dabei war sie alles andere als eine Gefahr für die Ehen in diesem friedlichen Dorf. Sollten die Frauen ihre Männer nur brav behalten.

Hallo

Die letzten Tage waren ein innerliches hin und her gewesen. Auf der einen Seite hätte Lilly liebend gern bei Imogen geklingelt und sie auf einen Kaffee eingeladen. Auf der anderen Seite hätte sie sich in ein Gebüsch gestürzt und das Atmen eingestellt, wäre ihr Imogen über den Weg gelaufen.
Sie schüttelte das nasse T-Shirt aus und hing es über die Wäschespinne. Sie griff sich ein weiteres T-Shirt und überlegte, welche Gefühle in ihrem Inneren miteinander rangen. Es fühlte sich an, wie … Scham und Neugier. Für ihren Begrüßungsauftritt schämte sie sich schrecklich. Gleichzeitig konnte sie nicht aufhören, an die neue Nachbarin zu denken.
Wo kam sie her? Welcher Art von Job ging sie nach? Glaubte sie, Lilly sei völlig durchgeknallt? Wollte sie nie wieder mit ihr reden? Würde sie ihr jetzt aus dem Weg gehen? Hielt sie Lilly für engstirnig und intolerant? Warum beschäftigte sie das nur so? Auf jeden Fall, weil sie damit Schwierigkeiten hatte, ihre Gedanken im Zaum zu halten. Die Gedanken waren albern und völlig überflüssig. Früher haben die Menschen vielleicht ein freundschaftliches Verhältnis zu ihren Nachbarn gepflegt,

heutzutage musste man seinen Nachbarn nicht einmal mehr beim Namen nennen können. Also, was sollte der Aufstand, es war völlig egal, was diese fremde Frau von ihr dachte. Sie mussten nicht miteinander reden, sie konnten sich über den Zaun hinweg grüßen, das reichte völlig.
„Hallo“, ertönte eine Stimme hinter Lilly.
Lilly drehte sich erschrocken um und suchte die Quelle der Störung. Imogen stützte sich mit den Armen auf dem weißen Zaun ab und lächelte freundlich herüber.
„Hallo“, sagte Lilly und ihre Stimme zitterte leicht, was durch eine Mischung aus Freude und Unglauben erzeugt wurde.
„Sind Sie gerade beschäftigt?“, fragte Imogen.
„Eigentlich nicht.“
„Und das bedeutet?“
„Ich bin gerade mit dem Aufhängen der Wäsche fertig geworden. Ich wollte noch eine Maschine waschen, aber die Sachen laufen ja nicht weg. Egal wie lang man sie liegen lässt.“
„Wie wäre es dann, wenn Sie rüberkommen? Zum Kaffee oder Tee oder was auch immer Sie bevorzugen.“
Lilly wusste nicht, was sie sagen sollte, war sie vor wenigen Minuten doch noch überzeugt gewesen, dass Imogen ihr aus dem Weg ging. Hatte sie sich geirrt, war ihr Auftritt überhaupt nicht peinlich gewesen? Sie hatte sich merkwürdig verhalten, da gab es nichts schönzureden. Entweder war Imogen abgehärtet oder ein überaus freundlicher Mensch.
Plötzlich wurde Lilly bewusst, dass sie auf dem besten

Weg war, sich erneut merkwürdig zu verhalten. Seit mindestens einer Minute stand sie stumm da und starrte ihre grinsende Nachbarin an. Es musste eine Antwort her, bevor die Pause ins Unangenehme umschlug.
„Gern."
„Kommen Sie direkt in den Garten."
„Oki Doki", sagte Lilly und wurde rot. Nicht nur, dass ihre Stimme gezittert hatte, bei nur zwei Wörtern, sie musste auch einen der dümmsten Sprüche benutzen, den es auf der Welt gab. Da half nur die Flucht ins Haus, bevor Imogen sie wieder ausladen konnte.

Imogen war sich nicht sicher, glaubte aber ein Zittern in der Stimme ihrer Nachbarin vernommen zu haben. Hatte sie etwa Angst vor ihr? War das der Grund für das Geplapper gewesen?
Für einen kurzen Augenblick zweifelte sie, ob die Einladung eine gute Idee gewesen war. Irgendwie hatte es ihr Leid getan, wie sie auf ihre neue Nachbarin reagiert hatte. Im Grunde wollte sie sich mit der Einladung entschuldigen. Außerdem war es nicht sehr klug, schon beim Einzug schlechte Energien zu verbreiten. Die Nachbarn würden schon früh genug Gelegenheit bekommen, um über sie zu reden, vielleicht sogar herzuziehen. Das musste ja nicht gleich schon in der ersten Woche anfangen.
Aus irgendeinem unerklärlichen Grund wollte sie ein gutes Verhältnis zu ihren Nachbarn. Wenn man mal etwas vergessen hatte, brauchte man nicht extra zur nächsten 24 Stunden Tankstelle fahren, sondern konnte

seinen Nachbarn fragen. Ein Plausch, wenn man sich auf der Straße begegnete, war ebenfalls eine nette Abwechslung.
Ob gute oder schlechte Idee spielte keine Rolle mehr. Sie hatte ein paar Scones und Muffins gekauft, den Tisch im Garten gedeckt und die Einladung ausgesprochen. Jetzt konnte sie nur noch abwarten und das Beste hoffen.

Nervös, wie bei ihrem ersten Date, stapfte Lilly über die Wiese auf Imogen zu. Warum sie es für eine gute Idee gehalten hatte, in die Riemchenschuhe mit Absatz zu schlüpfen, wusste sie nicht. Aus irgendeinem irrwitzigen Grund wollte sie sich wenigstens ein kleines Bisschen chic machen. Sich komplett umzuziehen, wäre sicher überzogen rübergekommen. Also hatte sie ihr luftiges, geblümtes Sommerkleid angelassen, war in die neuen Riemchenschuhe geschlüpft, hatte sich die Haare zurecht gezupft und in die Wangen gekniffen. Ihre Füße sahen jetzt toll aus, dafür vermittelte der Rest von ihr den Eindruck, bereits zwei Flasche Wein intus zu haben. Durch die Absätze, die im Rasen einsanken, wankte sie wie ein Seebär auf Landurlaub.
„Ich hoffe, Sie mögen Zitronen-Biskuit. Den habe ich gestern gemacht und ich dachte, er passt gut zum Kaffee“, sagte Lilly und streckte Imogen, zur Untermalung ihrer Worte, die Zitronenrolle entgegen.
Hör auf zu Plappern, du fängst schon wieder damit an, du musst nicht jedem deine Handlungen erklären, schimpfte Lilly mit sich selbst.

„Wie nett“, erwiderte Imogen und stellte den Kuchen auf den Tisch.
Der Tisch war rund, aus rötlichem Holz und mit Mustern verziert, die ins Holz eingebrannt waren. Die Zitronenrolle stand neben dem Korb mit den Gebäckstücken. Das Geschirr war bunt zusammen gewürfelt, die Teller passten nicht zueinander und auch nicht zu den Tassen. Das gefiel Lilly.
„Danke für die Einladung.“
„Gern geschehen. Setzen Sie sich“, sagte Imogen, machte eine kurze Pause und überlegte, ob sie aussprechen sollte, was sie dachte. Ja sie sollte, sie tat es meistens und sie hatte nicht vor damit aufzuhören.
„Sie haben nicht damit gerechnet, dass ich Sie einlade.“
Überrascht sah Lilly Imogen an. Damit hatte sie ebenfalls nicht gerechnet. Offene Worte hörte man selten, stattdessen waberten sie meistens unausgesprochen in der Luft und jeder war bemüht so zu tun, als existierten sie nicht.
„Ehrlich gesagt, hatte ich damit gerechnet, dass Sie mich für eine blöde Ziege halten und mir aus dem Weg gehen.“
„Was nicht ist, kann ja noch werden“, sagte Imogen und lächelte freundlich.
Lilly wusste nicht, was sie darauf sagen sollte. Meinte sie das ernst, war es nur ein Scherz und wenn es nur ein Scherz war, war er dann nicht ziemlich schlecht gewesen?
„Nur ein Scherz. Ich wollte die Sache ein wenig auflockern.“
„Ja“, sagte Lilly, denn mehr fiel ihr nicht ein.

„Ich bin der Meinung, es ist nicht ganz fair, wenn man sich schon nach der ersten Begegnung festlegt, ob man den anderen mag oder nicht. Ich weiß doch überhaupt nichts über Sie und in welcher Stimmung Sie waren, als wir uns begegnet sind. Vielleicht war irgendwas vorgefallen, was Sie sehr aufgewühlt hat. Dieses Aufgewühltsein hat sich dann möglicherweise in ..."
„Geplapper!"
„In Geplapper entladen. Sind Sie ein netter Mensch? Sind Sie ein schlechter Mensch? Sind Sie humorvoll? Sind Sie hinterlistig? Ich habe keine Ahnung, also bilde ich mir auch keine Meinung über Sie."
„Das ist wirklich nett, setzt mich gleichzeitig aber auch unter Druck. Wenn Sie so genau auf Menschen gucken, sie so genau analysieren, dann muss ich mich ja von meiner besten Seite zeigen."
„Ich bitte Sie, was wäre der Mensch ohne seine schlechten Seiten? Nur ein halbes Wesen", sagte Imogen und goss Lilly Kaffee ein.
„Aber Sie können mir doch nicht erzählen, dass Sie sich nicht schon einen Eindruck von einem Menschen machen, wenn Sie ihm das erste Mal begegnen. Wir haben schließlich alle unsere Vorurteile, die direkt greifen, wenn sie bedient werden."
„Natürlich mache ich das. Trotzdem versuche ich, meine Urteilsfähigkeit davon nicht beeinflussen zu lassen."
„Das klingt unglaublich - korrekt. Und ein bisschen anstrengend."
„Korrekt? Politisch korrekt?", fragte Imogen.
„Ja auch das. Aber mehr in Richtung - gut, nett."

„Ich verstehe. Ich bin keine Heilige. Und nur weil ich versuche, mir erst ein Bild von den Menschen zu machen, bedeutet das nicht, ich würde mir das richtige Bild machen oder ich wäre immer nett zu den Menschen. Manchmal ist jemand wirklich liebenswert, ein richtig netter Mensch, an dem man nichts auszusetzen hat und trotzdem mag ich ihn nicht. Es gibt keinen logischen Grund, ich mag ihn einfach nicht. Ich kann weiter höflich sein, ich will nur nichts näher mit ihm zu tun haben."
„Und wie ist es bei mir? Gehör ich auch zu dieser Gruppe von Leuten?", fragte Lilly und war über ihre eigenen Worte erstaunt.
Erstaunt war Imogen ebenfalls. Mit einer Frage, wie dieser, hatte sie nicht gerechnet, vor allem nicht, wegen des Eindrucks, den sie von Lilly hatte. Erwischt! Da erzählte sie gerade noch, dass sie versuche, sich keine übereilte Meinung zu bilden und zack, schon stand eine Meinung nach fünf Minuten Gespräch fest.
„Bis jetzt gehören Sie nicht zu der Gruppe."
„Ich interpretiere das mal als Kompliment. Wäre es dann nicht möglich, dass wir uns duzen? Ich finde dieses Sie ein bisschen anstrengend."
„Du findest viele Dinge anstrengend, scheint mir."
„Menschen sind oft anstrengend. Die Dinge, die mit ihnen zu tun haben dementsprechend auch."
Lilly blickte auf den Teller vor Imogen und stellte fest, dass sie nur ein kleines Stückchen von der Zitronenrolle gegessen hatte. Ob sie ihn nicht mochte? War es unhöflich zu fragen, ob er ihr nicht schmeckte? Natürlich war es unhöflich.

„Ich bin nicht für Zitronenrolle“, sagte Imogen, die Lillys Blicke bemerkt hatte.
„Ich auch nicht.“
„Und warum machst du sie dann?“
„Mein Mann mag Zitronen in süßen Sachen.“
„Das ist aber freundlich von dir.“
„Ja, wahnsinnig freundlich“, sagte Lilly mit einem Hauch Sarkasmus in der Stimme.
„Du verzichtest dann auf Kuchen? Oder isst du ihn mit?“
„Ich esse ihn mit. Wäre ja zu schade, wenn er vergammelt.“
„Oder du bringst ihn zu deinen Nachbarn, um ihn loszuwerden.“
„Scheiße, da bin ich wohl durchschaut worden“, sagte Lilly und fiel in ein herzhaftes Lachen, in das auch Imogen mit einstimmen musste.
Das Lachen war wie ein kleiner Befreiungsschlag. Eine Befreiung von dem täglichen Trott, von den Gewohnheiten, die man schon gar nicht mehr sah, weil man sie automatisch machte. Lilly merkte, dass sie zu laut und zu heftig lachte. Dann wurde ihr auch noch bewusst, dass sie *Scheiße* gesagt hatte und sie musste noch mehr lachen. Es war ein Schrei in Form eines Lachens. Ihre Gefühle, derer sie sich nicht einmal jetzt vollkommen bewusst war, wollten sich Gehör verschaffen, drangen an die Oberfläche, nach draußen.
Imogen verstummte allmählich, während sich Lilly noch immer schüttelte vor Lachen. Etwas Merkwürdiges ging vor sich, das war kein normales Lachen mehr. Sie kannte dieses Verhalten, es fing leise an, wurde heftig und endete

in Tränen. Eine leichte Nervosität stieg in Imogen auf, den Blick aufmerksam auf die verwirrende Frau vor sich geheftet, um keine Veränderung ihrer Stimmung zu übersehen. Es kamen keine Tränen, das Lachen blieb ein Lachen, ein zu heftiges.
„Was machst du eigentlich beruflich?“, fragte Lilly, als der Lachanfall nachgelassen hatte.
„Ich bin Künstlerin und Verwalterin einer Galerie.“
„Muss ziemlich gut laufen.“
„Wenn man sich alleine ein Haus kaufen kann?!“
„Ja genau“, sagte Lilly und verdrehte amüsiert die Augen.
„Es läuft ganz gut, aber nicht dermaßen überragend, dass ich mal eben ein Haus aus der Portokasse bezahlen kann. Mein Vater ist gestorben und hat mir einiges an Geld hinterlassen.“
„Das tut mir leid“, sagte Lilly und schwieg eine Weile. Es war immer schwer Worte zu finden, wenn man jemanden sein Beileid ausdrücken wollte, vor allem, wenn man die verstorbene Person gar nicht kannte. Hinzu kam noch, dass es keine richtigen Worte gab für die Situation des Verlustes. Alles klang hohl, wenn man einen Menschen verloren hatte. Keine Worte vermochten einem die Trauer zu nehmen.
„Ja mir auch. Er war 82 und er hatte ein gutes Leben. Trotzdem ist er zu früh gegangen, ich hätte ihn gern noch länger gehabt.“
„Und deine Mutter?“
„Meine Mutter ist wohlauf, kerngesund.“

„Ich meinte eigentlich… Wie kommt sie damit klar? Deine Eltern waren doch sicher an die 50 Jahre verheiratet."
„Gut geschätzt, sie waren 52 Jahre verheiratet."
„Wenn zwei Menschen so lange zusammen sind und der eine dann stirbt, muss eine Welt zusammenbrechen. Ich meine, so viele Jahre und plötzlich ist das Schnarchen weg, das Rascheln der Zeitung."
Imogen schwieg einen Moment. Die Worte erinnerten sie an ihren eigenen Schmerz. An die Sehnsucht, die sie manchmal überfiel, wenn sie etwas Witziges in der Zeitung gelesen hatte und direkt zum Telefon griff, um ihren Vater anzurufen, der nicht dran gehen würde. Der nie wieder dran gehen würde. Er hatte einen sehr skurrilen Humor gehabt und war immer begeistert gewesen, wenn sie wegen etwas Witzigem angerufen hatte.
Lilly legte ihre Hand auf den Arm von Imogen und drückte ihn sanft.
„Entschuldigung. Ich bin zu weit gegangen."
„Ist schon gut, ich war nur in Gedanken. Es ist jetzt über ein Jahr her. Weh tut es trotzdem noch. Wird es wohl auch immer. Komischerweise kommt meine Mutter besser damit klar. Zuerst war es sehr schwer für sie. Nicht schwer, eher schockierend, doch sie hat sich recht schnell gefangen. Und wenn ich ehrlich sein soll, dann kommt sie mir jetzt lebendiger vor als je zuvor."
„Oh", sagte Lilly und zog ihre Hand langsam wieder weg, um einen Schluck Kaffee zu nehmen.
„Du denkst, sie hat ihn nicht geliebt."

„Nein, so etwas würde ich nie ... Vielleicht?“
„Meine Eltern haben sich geliebt. Sie waren auch immer für einander da. Trotzdem waren sie nicht richtig glücklich. Jeder hat sich im Laufe der Jahre in seine Rolle als Ehepartner reingelebt und ist dann drin geblieben. Alles veränderte sich. Die Zeit, die Menschen um sie herum, die Gegebenheiten, doch die Rollen blieben gleich. Mit dem Tod meines Vaters fiel die Rolle meiner Mutter weg. Sie war auf einmal keine Ehefrau mehr, sondern Witwe. Eine neue Rolle, die sie auf die Weise gestaltet, wie sie sich darin wohlfühlt. Das finde ich in Ordnung.“
„Hast du deswegen keinen Mann? Weil du nicht in eine Rolle eingesperrt sein willst?“
Imogen stutzte. Das Wort *eingesperrt* hatte Lilly mehr betont als die anderen. Scheinbar ging ihr das Thema ziemlich nahe. Hinzu kam, dass sie nicht genau wusste, wie sie antworten sollte.
„Ich glaube, dass niemand gerne eine Rolle spielt. Jedenfalls nicht auf Dauer. Allerdings ist das nicht der Grund, warum ich keinen Ehemann habe. Es ist viel simpler. Ich stehe nicht auf Männer.“
Lilly runzelte die Stirn.
„Wie meinst du das?“
„Ich bin lesbisch. Wobei ich das Wort nicht wirklich mag. Es sperrt mich in eine Rolle.“
Erstaunen trat in Lillys Augen, dann fiel sie plötzlich in ein lautes Lachen.
„Und ich hatte schon Angst ...“, begann Lilly, brach dann aber ab und lachte weiter.

„Du hattest schon Angst, dass ...?"
„Na ja, du bist unglaublich attraktiv. Und alleine. Es tut mir leid, aber ich habe dir gedanklich schon eine Affäre mit meinem Mann angedichtet."
„Das darf nicht wahr sein", erwiderte Imogen und begann ebenfalls zu lachen.
„Ich weiß, das war nicht nett. Solche albernen Gedanken - und dabei müsste sich mein Mann eher um mich Sorgen machen. Wenn du eine Affäre anfängst, dann wohl eher mit mir, als mit ihm", sagte sie und Tränen kullerten vor Lachen ihre Wange hinab.
Lilly war so sehr mit sich beschäftigt, dass sie gar nicht bemerkte, wie Imogen das Lachen im Halse stecken blieb. Normalerweise waren die Menschen etwas schockiert, versuchten sich zu fassen und sagten solche Dinge wie, das sei ja sehr schön, um sich dann aus dem Staub zu machen. Oder sie fanden es dermaßen interessant, dass sie einen mit den merkwürdigsten Fragen löcherten. Wie Lilly hatte jedenfalls noch niemand reagiert. Und es hatte auch noch niemand in diesem Zusammenhang das Wort Affäre benutzt. Dachte Lilly etwa, Monogamie sei unter Homosexuellen nicht weit verbreitet? Fremdgehen hatte nichts mit der sexuellen Orientierung zu tun, sondern mit Gefühlen, Stärken und Schwächen.
Imogen lehnte sich zurück, nahm einen Schluck Kaffee und wartete geduldig bis Lilly den Lachanfall überwunden hatte.
„Es tut mir wirklich leid, ich weiß nicht, was in mich gefahren ist. Es ist ja fast so, als hätte ich gekifft."

„Schon in Ordnung. Immer nett, wenn ich für ein wenig Spaß sorgen kann."
„Oh nein, ich hoffe, du glaubst nicht, dass ich über dich lache oder dich sogar auslache, denn das ist nicht der Fall. Ehrlich gesagt, weiß ich nicht einmal genau, warum ich eigentlich lache. Über meine eigene Doofheit wahrscheinlich", sagte Lilly und verstummte auf einmal.
„Jetzt weißt du schon so viel über mich und ich weiß nur, dass du nebenan wohnst und einen Mann hast, der vor alleinstehenden Nachbarinnen geschützt werden muss. Erzähl mal etwas von dir!"
„Das war es auch schon. Du weißt alles, was es über mich zu wissen gibt."
„Das glaube ich nicht. Was machst du beruflich?"
„Auf dem Papier bin ich Diplom Ökonomin. Durch unseren Umzug musste ich meine Stelle aufgeben. Die Fahrt zur Arbeit wäre zu lang gewesen. Und jetzt nehme ich mir erst einmal eine Auszeit."
„Freiwillig?"
„Wie meinst du das?"
„Ist die Auszeit freiwillig oder bist du schwanger?"
„Ich bin nicht schwanger. Wir wollen noch bis Ende des Jahres warten. Bis dahin hat Patrick wahrscheinlich eine weitere Stufe der Karriereleiter erklommen."
Für einen Augenblick überlegte Imogen, ob es besser sei, an dieser Stelle nicht weiter nachzuhaken. Sie entschied, dass dem so sei, was sie kurz darauf bereute, da Lilly die Chance nutzte und mit ihrer Frage ins emotionale Schwarze traf.
„Hast du eine Freundin?"

„Nein."
„Aber du hattest?"
„Ja. Wir haben uns vor gut einem Jahr getrennt. Na ja, sie hat sich getrennt."
So ganz stimmte auch das nicht. Imogen hatte Sue vor die Wahl gestellt und Sue hatte gewählt. Für Imogen stand fest, dass diese Wahl ein deutliches *Aus* gewesen war. Deutlicher, als wenn Sue mit ihr Schluss gemacht hätte.
„Eine Trennung ist nie schön. Es tut immer weh."
„Das stimmt. Leider lässt es sich manchmal nicht vermeiden, wenn man sich selbst auch nur ein wenig mag."
„Wohl wahr. Obwohl man dafür erst einmal merken muss, dass die Beziehung einem nicht gut tut."
„Ja, manchmal dauert es, bis man das erkennt."
„Du hast ...", begann Lilly, wurde dann aber unterbrochen.
„Hallöchen die Damen", rief Patrick vom Zaun herüber.
„Patrick?", fragte Lilly verwundert und stand auf.
„Was machst du denn schon hier? Du kommst nie früher Heim? Ist die Firma abgebrannt?"
„Du kommst immer auf Ideen. Ich bin nur nach Hause gekommen, um mich umzuziehen. Geschäftsessen mit wichtigen Leuten aus Korea."
Imogen hatte sich zu den Zaungästen gesellt und hörte aufmerksam zu.
„Du bist unsere neue Nachbarin?", fragte Patrick und reckte seinen Arm über den Zaun.

Das ist also der ominöse Ehemann, den man vor den Nachbarinnen beschützen muss, dachte Imogen und ergriff seine Hand.
„Nein, ich bin nur eingebrochen und nutze den Garten, weil er so wunderbar sonnig ist. Scherz am Rande. Ich bin Imogen, die neue Nachbarin."
„Ich bin Patrick und wie ich sehe, kennst du meine Frau bereits."
„Ein bisschen."
Imogen ließ die Hand wieder los, lächelte freundlich und schwieg. Patrick schwieg auch. Lilly schwieg ebenfalls. Nur Sekunden dauerte das Schweigen, doch fühlte es sich wie eine Ewigkeit an. Eine Ewigkeit, die Lilly nicht ertrug. Die fröhliche Entspannung verschwand, an ihrer statt trat eine unruhige Anspannung. Hundert Dinge rasten durch ihren Kopf. Dinge, die man in solchen Momenten sagte. Dinge, die man machte.
„Schön, dich kennengelernt zu haben. Komm doch mal abends bei uns vorbei, wenn ich auch da bin. Vielleicht auf einen guten Wein?", durchbrach Patrick das Schweigen als erster.
„Ich trinke sehr gerne Wein. Ich werde auf die Einladung zurückkommen."
„Dann muss ich mich jetzt mal umziehen, ich bin spät dran."
Patrick ging ein paar Schritte vom Zaun weg, drehte sich jedoch noch einmal um.
„Ach Kleines, wo ist mein dunkelblauer Anzug?"
„Ich komm sofort nach und leg ihn dir raus."
„Du bist ein Schatz."

„Ich muss dann mal wieder. Das nächste Mal kommst du zu mir rüber. Oder nein, das nächste Mal komm ich zu dir und du zeigst mir deine Arbeiten."
„Gern. Also beides gern."
Lilly lächelte, senkte den Blick und ging.
„Moment mal. Deine Zitronenrolle. Willst du die nicht mitnehmen?"
„Nein."
„Aber ich esse sie nicht!"
„Dann nutz sie, um dich bei den anderen Nachbarn vorzustellen. Du weißt doch, der erste Eindruck zählt, bei den anderen", sagte Lilly und verschwand mit einem Zwinkern aus dem Garten.
Kopfschüttelnd stand Imogen da und sah Lilly hinterher. Was für eine merkwürdige Person. Es war ganz klar, Imogen mochte ihre neue Nachbarin. Was sie allerdings von Patrick halten sollte, dass wusste sie noch nicht. Auf den ersten Eindruck, a busy person.
Imogen räumte den Tisch ab und zog sich in ihr Atelier zurück. Eigentlich war es noch kein richtiges Atelier, dafür mussten noch ein paar Umbauten vorgenommen werden, wofür allerdings das nötige Kleingeld fehlte. Bis dahin war der Dachboden mehr als ausreichend. Nicht hell, aber groß genug.
Sie ging zu einem Stapel Bilder, die mit einem weißen Leinentuch abgedeckt waren. Vorsichtig zog sie das Tuch zur Seite, klappte die ersten zwei nach vorne und nahm das Dritte heraus. Sehnsucht und Traurigkeit stiegen in ihr auf.

Sue!

Das Bildnis einer lachenden Frau, die ihr wunderschönes Lachen hinter ihren Händen versteckte.

In dieses Lachen hatte sie sich damals verliebt. Dieses mitreißende und doch schüchterne Lachen. Es zeigte mehr von Sue, als alle Worte je ans Licht hätten bringen können. Lebensfreude, Zerbrechlichkeit und Angst.

Sie hatte genau gewusst, genau gespürt, dass es falsch war sich mit Sue einzulassen. Von Anfang an hatte es keine gemeinsame Zukunft für sie beide gegeben, auch wenn sie sich das Zwischendurch immer wieder eingeredet hatte. Und trotzdem war sie schwach geworden. Hatte all ihre Prinzipien, all ihre Vorsicht über Bord geworfen und sich vollkommen dieser zerstörerischen Beziehung hingegeben.

Die Sehnsucht nach Sue brannte noch immer in ihr. Es war schon besser geworden, erträglicher. Jeden Tag fragte sie sich, was sie tun würde, wenn Sue vor ihrer Tür stehen würde. Nach dem Umzug durfte es etwas schwierig für Sue werden, sie zu finden, darum ging es aber gar nicht. Sie wusste, erst wenn sie die Frage, ob sie wieder mit ihr eine Beziehung eingehen würde, mit *Nein* beantworten konnte, war sie über die Geschichte hinweg. Noch war es ein *Ja*. Beziehungen hatten etwas von einer Sucht und Trennungen von einem kalten Entzug. Die Trennung konnte sogar Entzugserscheinungen hervorrufen. Zittern, Schweißausbrüche, Herzrasen, Panikattacken, Heulkrämpfe, Appetitlosigkeit, Magenschmerzen, Antriebslosigkeit, Verzweiflung. Und wie es nun einmal der Natur der Sucht entsprach, wusste man genau, dass sie schlecht, sogar zerstörerisch für einen war. Das Angebot, sie wieder in sein Leben zu lassen, verhieß ein Ende der Unruhe, der Schmerzen, des ständigen daran Denkens. Auch wenn all diese Dinge nur für eine kurze Weile verschwanden, war man geneigt es anzunehmen, sich diese Zeitspanne schön zu reden. Vergessen waren sämtliche Einsichten und das Wissen, zur erneuten Qual des Entzugs würde sich noch die Enttäuschung über das eigene Handeln gesellen.

Eigentlich war es kein Wunder, dass Patrick einen bestimmten Anzug nicht finden konnte, schließlich war der Schrank voll mit Anzügen, die sich dermaßen ähnlich sahen, als wären sie geklont worden. Nur gegen das Licht gehalten, ausgestattet mit recht guten Augen, konnte man die farblichen Unterschiede erkennen.
Lilly legte den Anzug aufs Bett und strich mit ihrer Hand sanft über den weichen Stoff, als wolle sie ihn noch einmal glätten. Seine Anzüge waren von ausgesprochen guter Qualität.
Sie stellte sich aufrecht hin, verschränkte die Arme vor dem Körper und fragte sich, was sie da eigentlich tat. Jetzt war es noch der Anzug, aber wie lange würde es dauern, bis sie ihm auch die Socken und die Unterhose rauslegen würde.
Kleines, wo sind die Socken?
In der obersten Schublade!
Wo?
Ach lass, ich leg sie dir raus.

Und Stück für Stück würde sie immer mehr zur Dienerin werden. Zur braven, fleißigen Hausfrau, der niemand mehr dankte, deren Tun nur mehr eine Selbstverständlichkeit darstellte. Die kein Lob für ihre Arbeit bekam, dafür aber Tadel, wenn die Lieblingshose nicht gewaschen war, das Essen mal zu viel Salz abbekommen hatte, etwas vergaß, weil zu viele Gedanken in ihrem Kopf umher wuselten.
Ein gezwitschertes *Danke* im Vorbeigehen, das keine Bedeutung hatte, nur mehr ein leerer Automatismus war. Schon bald würden sie an dem Punkt angekommen sein. Und von dort war es nur noch ein winziger Schritt bis zum Schweigen, bis zur Unsichtbarkeit.
Lilly ergriff den Anzug, riss ihn hoch und wandte sich zum Schrank. Sollte er ihn doch selber suchen. Sie würde verhindern, dass es dazu kam, sie würde nicht kampflos unsichtbar werden. Sie wollte geschätzt werden, für das, was sie tat. Doch noch bevor sie die Schranktür geöffnet hatte, drängte sich eine Stimme in ihre Gedanken, die ihr Verhalten verurteilte. Ihr Benehmen sei albern, völlig überzogen. Und ohne Widerstand gab sie der Stimme Recht. Sie benahm sich wie eine Verrückte und das vollkommen ohne Grund. Sie legte ihrem Mann einen Anzug raus, während er sich im Bad frisch machte. Was war denn schon dabei? Das war nett. Eine sehr liebenswerte Geste. Er zwang sie ja nicht dazu. Sie musste auch nicht vor Angst zittern, dass sie den falschen Anzug rauslegte und er sie dann ausschimpfen oder gar schlagen würde.

Solche Dinge waren ein Grund verrückt zu werden, Widerstand zu leisten. Eine nette Geste war etwas Schönes und Gutes, etwas, über das man sich freute, nicht nur wenn man sie empfing, sondern auch wenn man sie ausführte. Selbst, wenn man keinen Dank dafür erhielt, war auch das kein Grund auszuflippen. Schließlich tat man etwas Nettes nicht um Dank zu bekommen, die Tat als solches war schon Dank genug.
„Genau den wollte ich. Nicht, dass ich abergläubisch bin, aber er hat mir schon ein, zwei gute Dienste erwiesen. Und das soll er heute auch“, sagte Patrick und riss Lilly damit aus ihren Gedanken.
„Ist also wichtig?“
„Ja, es ist wichtig. Suchst du mir bitte noch die passende Krawatte dazu aus?“
Er sah auf die Uhr und fügte noch hinzu: „Ich muss mich nämlich beeilen, wenn ich zu spät komme, nutzt mir auch der beste Anzug nichts.“
„Vielleicht nutzt es was, wenn du nackt gehst“, sagte Lilly und kramte in den Krawatten.
Patrick stutzte. Das sollte hoffentlich ein Witz sein. Oder war es etwa Sarkasmus? Normalerweise machte Lilly solche Scherze nicht. Wenn er es recht bedachte, war Humor keine Eigenschaft, wegen derer er sich in sie verliebt hatte.
„Ich nehme mal an, dass es heute Abend spät wird“, sagte sie und reichte ihm die Krawatte.
„Ich denke schon, du musst nicht auf mich warten, geh ruhig schlafen.“
„Mhm.“

„Du bist nicht sauer? Du weißt doch, das mache ich für uns. Ich habe keine Zeit mehr. Warte nicht auf mich", sagte er, gab ihr einen Kuss und verschwand aus dem Schlafzimmer.
„Für uns?", murmelte Lilly und ließ sich aufs Bett fallen.

Erinnerungen

Lilly hatte nur so dagelegen, Minuten, vielleicht auch Stunden, sie wusste nicht wie lang und sie wollte es auch nicht wissen. Ein Blick auf die Uhr hätte es ihr verraten, hätte sie aber auch in diese Gefühle voller Unruhe gedrängt.
Eine Stunde, zwei Stunden, einfach nur rumliegen und nichts tun. Nicht einmal etwas lesen, nur liegen und die Decke anstarren. Gedanken ihren Lauf lassen, ohne zu denken. Erinnerungen und Gedanken beobachten, zum Zuschauer werden, kein Akteur sein, sich selbst zusehen, ohne etwas zu tun.
Schatten betrachten, dem Lauf der Sonne folgen. Nichts tun!
Früher war das in Ordnung gewesen, da hatte sie ein Recht darauf gehabt auch mal nichts zu tun, doch seit sie zu Hause war, nur noch ihr Mann arbeiten ging, erlaubte sie sich das nicht mehr. Es war, als hätte sie das Recht darauf mit ihrem Job verloren. Sie ertappte sich dabei, dass sie ein schlechtes Gewissen bekam, wenn sie das schmutzige Geschirr stehen ließ und stattdessen die Nase

in ein Buch steckte. Hausarbeit gehörte nicht zu den Dingen, die sie liebte, sie erledigte sie, weil es jemand machen musste, weil es jetzt ihre Arbeit war. Immerhin ging Patrick für sie, für das UNS arbeiten, da konnte sie nicht einfach faul rumsitzen. Wenn sie schon kein Geld zu dem UNS beisteuerte, dann wenigstens Arbeit, Sauberkeit, eine Mahlzeit.

Diese Gedanken waren total bescheuert, total veraltet und eigentlich waren es auch weniger Gedanken als Gefühle. Gefühle, die sie beschlichen und nicht mehr losließen. Vielleicht, weil sie sich selbst nicht als überfleißig ansah. Sie hatte ein angenehm laues Leben, wenn sie es mit dem ihrer Großmutter verglich. Die hatte alles selbst machen müssen. Einen Geschirrspüler, allerdings in Form von Personal, konnten sich nur wohlhabende Herrschaften leisten. Windeln, Babynahrung, Essen im Allgemeinen, nichts davon gab es als Fertigprodukte. Alles musste selbst gekocht, selbst geschruppt, selbst gewaschen werden. Heute konnte man die Wäsche in die Maschine tun, sie laufen lassen und während sie vor-sich-hin-wusch, hatte man die Zeit, um etwas anderes zu erledigen. Damals war der Antrieb der Waschmaschine die eigene Muskelkraft und ein langer Stock gewesen. Selbst das Baden hatte nichts mit Entspannung zutun gehabt. Heißes Wasser kam aus großen Töpfen, nicht aus dem Wasserhahn.

Schlagartig setzte sich Lilly auf und sah aus dem Fenster. Die Sonne war verschwunden, graue Wolken bedeckten den Himmel, kündeten von nahendem Regen.

Wäsche!
Sie hatte die Wäsche, die im Garten hing, fast vergessen. Ein leises Klopfen an der Fensterscheibe nötigte sie dazu, sich zu beeilen. Es hatte bereits angefangen zu regnen. Einzelne kleine Tropfen wurden zu vielen Tropfen, zu noch mehr Tropfen. Lilly hatte gerade die Wäsche auf der Wäschespinne erreicht, als die vielen Tropfen zu einem heftigen Schauer wurden. Was sie tat, hatte eigentlich keinen Sinn. Noch bevor sie die gesamte Wäsche abgenommen haben würde, wäre sie schon wieder vollkommen durchnässt. Also konnte sie sie auch hängen lassen. Nun hatte sie aber schon einmal damit angefangen sie abzunehmen, da konnte sie nicht mittendrin aufhören.
„Ist schon ziemlich sinnlos, was du hier machst, nicht wahr?", stellte Imogen, die plötzlich neben ihr aufgetaucht war, fest.
„Was machst du hier?"
„Mein Kunstwerk retten."
„Meine Wäsche ist dein neues Kunstwerk?"
„Ich hatte mein Bild rausgestellt, zum Trocknen. Ein kleiner Tick von mir. Als es zu regnen begann, holte ich es rein und sah dich, wie du von einer Hummel gestochen in den Garten gestürmt bist. Und hier bin ich. Du könntest Hilfe gebrauchen, oder?"
Lilly wusste nicht, was sie sagen sollte. Brauchte sie Hilfe?
„Danke. Aber du wirst ganz nass."
„Ich mag das."
„Wenn das so ist. Schnapp dir die Wäsche und wirf sie über meine Arme."

Sie waren fertig, als der Regen seinen Höhepunkt an Nässe erreicht hatte. Ein Kichern entwich Lillys Kehle, dann eilte sie mit Imogen zurück in ihr Haus. Das Wasser tropfte von den Frauen und von dem durchnässten Wäschehaufen. Es bildete sich eine Regenspur durch das Wohnzimmer bis in die Küche.
Lilly schmiss die Wäsche auf den Küchentisch und schüttelte sich. Das erste Aufhängen hätte sie sich definitiv sparen können.
„Ich hole eben den Wäscheständer rauf. Wenn du was trinken willst, bedien dich einfach."
„In Ordnung."
Es war Sommer, es war ein warmer Regen, der vom Himmel fiel, trotzdem war ein warmes Getränk besser als ein kaltes. Tee! Tee war genau das richtige für eine Situation wie diese. Tee war für jede Situation das richtige Getränk.
Imogen ließ ihren Blick über die Arbeitsplatte, die Schränke gleiten, suchte einen Wasserkocher. Kaffeemaschine, Kaffeeautomat, Toaster, Küchenmaschinen-Ungeheuer mit schätzungsweise 1000 Tasten.
Natürlich alles in Edelstahl. Imogen fragte sich, warum dieses Edelstahlzeugs bei so vielen Leuten beliebt war? Es wirkte kalt und nach jedem Anfassen musste es geputzt werden, weil man immer Fingerabdrücke hinterließ. Hatten alle Besitzer von Edelstahlgeräten einen Putzfimmel oder benutzten sie die Sachen einfach nicht? Hübsche Deko, sonst nichts?

Noch ein kegelförmiges Edelstahlungeheuer. Das musste der Wasserkocher sein. Imogen füllte das Wasser ein und fragte sich, ob das Ding wohl ein Hochzeitsgeschenk war?
Wenn es ein Geschenk war, hatten sie es sich dann gewünscht, oder war es einfach nur modern, ein hippes Geschenk?
Tassen? Wo mochten wohl die Tassen sein?
Lilly machte einen praktischen Eindruck, einen leicht verhuschten, aber auch einen praktischen. Imogen öffnete den Schrank über der Kaffeemaschine. Treffer! Sie nahm zwei schlanke, sich nach oben weitende Tassen heraus.
Lilly erschien in der Tür, schlug sich mit der Hand gegen den Kopf, drehte sich um und verschwand wieder.
Imogen zog schmunzelnd die Augenbrauen hoch und ging ins Wohnzimmer. Im Wohnzimmer vor der Terrassentür stand ein Wäscheständer mit zwei ausklappbaren Flügeln. Bis das Wasser gekocht hatte, wollte sie die Zeit nutzen und die Wäsche aufhängen.
„Was machst du denn da?"
„Schon mal die Wäsche aufhängen? Ich habe übrigens Wasser gekocht, ein Tee wäre vielleicht nicht schlecht."
„Hier trockne dich erst mal ab. Daran hätte ich als erstes denken müssen. An Handtücher", sagte Lilly und streckte Imogen ein großes grünes Badetuch entgegen.
Imogen sparte sich einen Kommentar, nahm sich das Handtuch und rubbelte sich die schulterlangen Haare trocken.
„Früchtetee, Schwarzer Tee oder Kräutertee?"

„Ich hätte gerne Grünen Tee."
„Ich kann noch mal gucken, aber ich glaube, wir haben keinen Grünen Tee. Wir haben mal eine Tee Box geschenkt bekommen, da meine ich, welchen gesehen zu haben."
„Nur ein Scherz. Ein Früchtetee wäre schön."
„Mit Zucker?"
„Nein danke."
Jetzt fang bloß nicht schon wieder so an, ermahnte sich Lilly. Der Nachmittag war überdurchschnittlich gut gelaufen ohne größere Ausfallerscheinungen von ihrer Seite aus. Doch jetzt kam die Nervosität zurück und machte aus ihr ein plapperndes Etwas.
Das Wasser umspülte den Teebeutel, die rote Farbe des Tees strömte heraus, breitete sich wirbelnd aus. Klimpernd ließ sie ein Kandisstückchen in ihre Tasse fallen. Sie mochte es, wie der Kandis leise knackte, und dass sich die Süße ganz langsam im Tee entfaltete. Wenn man zu schnell trank, waren die letzten Schlucke in der Tasse purer Zucker.
„Dein Tee", sagte Lilly und reichte Imogen die Tasse.
„Nette Einrichtung“, sagte sie, sah sich ein wenig um und nippte am Tee.
„Nett?“, fragte Lilly.
„Na du weißt schon. Alles passt zusammen, ist modern. Nett eben.“
„Nett ist so wie Interessant, wenn man es im Zusammenhang mit Essen, Einrichtung oder Kleidung benutzt, nicht wahr?“
„Wie meinst du das?“

„Interessanter Geschmack heißt so viel wie, ich bin zu höflich dir zu sagen, dass es scheußlich schmeckt und ich es nie wieder essen möchte. Die Worte werden als Floskel benutzt, um höflich zu sein, nichts Negatives zu sagen und doch durchblicken zu lassen, wie man es wirklich findet."

„Es gibt nichts an dem Einrichtungsstil auszusetzen. Wie gesagt, alles passt zusammen, die Farben beißen sich nicht und modern ist es auch. Ich kann nichts Negatives sagen."

„Aber?"

„Aber was?"

„Aber es gefällt dir nicht, du findest es zu unpersönlich, zu kalt?"

„Findest du es zu unpersönlich, zu kalt? Oder warum legst du mir Worte in den Mund, die ich nicht gesagt habe?"

Lilly schwieg einen Moment und sah sich in ihrem Wohnzimmer um. Hatte Imogen vielleicht Recht? War sie es, der es im Grunde nicht gefiel?

„Möglicherweise."

„Und warum hast du es dann auf diese Art eingerichtet. Oder ist das der Stil deines Mannes?"

Der Still meines Mannes?

„Ich hatte schon mehr Stimmrecht als Patrick. Trotzdem glaube ich, habe ich es in seinem Sinne eingerichtet."

„Ich verstehe nicht ganz. Willst du damit sagen, du hast danach entschieden, was ihm gefallen könnte, ohne ihn zu fragen?"

„So kann man das wohl ausdrücken. Ich habe ein Haus eingerichtet, das zu ihm passt. Bei dem er sich nicht schämen muss, wenn seine Arbeitskollegen vorbeikommen. Ein Haus, das zu seinen Anzügen und seinem Auto passt."
„Und du? Bist du die Frau, die zu seinen Anzügen, seinem Auto, seinem Haus passt?"
Imogen hatte den Satz kaum zu Ende gebracht, da tat es ihr auch schon leid. Entsetzen spiegelte sich in Lillys Augen. Mit der Frage war Imogen zu weit gegangen, hatte ihr Gegenüber beleidigt, oder sogar verletzt.
„Entschuldige bitte. Das war dumm von mir."
„Nein, war es nicht. Ich glaube, es stimmt."
Schweigen. Betreten schaute Imogen in ihre Tasse, nahm einen großen Schluck, der heiß ihre Kehle hinunterrann und erst im Bauch seine Wärme verlor.
„Ich sollte dann mal wieder rübergehen. Trockene Sachen anziehen und so."
Imogen zögerte einen Augenblick, als sie die Tasse auf dem Glastisch abstellen wollte. Keine Untersetzer, dann war es wohl in Ordnung sie einfach hinzustellen. Schweigen folgte ihr zur Terrassentür, doch als sie sie öffnen wollte, legte sich eine Hand auf ihre Schulter. Verdutzt drehte sie sich um, sah in die traurig lächelnden Augen von Lilly.
„Hast du schon zu Abend gegessen?"
„Nein."
„Wenn du wieder trocken bist, willst du dann nicht zurückkommen? Ich bin den ganzen Abend alleine. Ich wollte mir Nudeln machen. Magst du Nudeln? Ich esse

nicht gern allein“, sagte sie, allerdings hatte das, was sie nicht in Worte kleidete, viel mehr Bedeutung.
Bitte komm wieder, ich fühle mich schrecklich einsam.
„Ich liebe Nudeln“, erwiderte Imogen, lächelte verlegen und ging.
Was war das gewesen?
Was war das nur gewesen? Verwirrend war es gewesen, war es immer noch.
Der Regen hatte aufgehört. Nebelschwaden stiegen vom Boden auf, der sich über den Tag aufgeheizt hatte. Es roch nach warmen Wasser und feuchtem Asphalt. Letzte Sonnenstrahlen waren am Horizont zu sehen, nur unterbrochen von einzelnen wegziehenden Wolken.
Imogen ging um ihr Haus herum, über den Rasen und stieß die Terrassentür auf.
„Wie unvorsichtig von dir“, mahnte sie sich selbst. Man durfte nicht einfach die Terrassentür auflassen, das war schließlich eine Einladung für jeden Einbrecher. Wobei ein offenes Haus vielleicht weniger interessant war, als ein Hochsicherheitstrakt. Zog man nicht einen Zaun, eine Mauer hoch, wenn man etwas Wertvolles schützen musste? Wenn es keine Mauer gab, keine Schlösser, dann gab es vielleicht auch nichts Wertvolles zu stehlen.

Schon komisch mit einer Flasche Rotwein vor der Tür zu stehen und zu warten, bis sie aufging, vor allem, wenn man erst vor einer halben Stunde das Haus verlassen hatte. *Hallo* wäre wohl die falsche Begrüßung.
„Da bin ich wieder“, sagte Imogen, als Lilly die Tür öffnete.

„Warum bist du nicht durch den Garten gekommen?"
„Sollte ich das? Sollen die Nachbar nicht sehen, dass du so spät noch Besuch bekommst?"
Lilly packte Imogen und zog sie so ruckartig ins Haus, dass Imogen ins Straucheln geriet. Aufgeregt schaute Lilly aus der Tür, drehte den Kopf nach rechts und links und schloss sie dann hektisch.
Verwirrt starrte Imogen Lilly an.
„Was war das?"
„Nur ein Scherz!", sagte Lilly und begann zu lachen.
„Ich bekomme immer mehr den Eindruck, dass du ein bisschen verrückt bist."
„Das muss an dir liegen, bevor du nebenan eingezogen bist, war ich immer brav und anständig."
„Verstehe!"
Lilly griff nach der Flasche, betrachtete sie einen Moment und sagte dann: „Hervorragend, ich liebe Rotwein. Er erinnert mich immer an Blut."
Imogen war sich nicht sicher, ob auch das ein Spaß gewesen war oder eine Information, die zum Gehen aufforderte.
„Du hättest dich für mich allerdings nicht so chic machen müssen", sagte Imogen und betrachtete Lilly in ihrem weißen, langen Sommerkleid.
„Wie nett von dir, aber eigentlich ist das ein altes Ding. Ein Gemütlichkeits-Kleid."
Das war eine Lüge. Nur hätte sie ihr schlecht sagen können, dass sie wie ein aufgescheuchtes Huhn durchs Haus gelaufen war, um sich umzuziehen. Nervös, wie vor einem Date, hatte sie ihren Kleiderschrank durchsucht

und sich schlussendlich für das Weiße entschieden. Es war chic auf eine unaufdringliche Art, nicht zu aufgedonnert und doch machte es etwas her.
Wie sollte sie das auch in Worte fassen, sie konnte selbst nicht verstehen, warum sie sich so benommen hatte. Vielleicht war es die Freude sich für eine andere Person chic zu machen, egal für wen. Vielleicht war es das, vielleicht aber auch nicht.
„Wie weit bist du mit den Nudeln? Kann ich dir helfen?"
„Du könntest den Wein aufmachen."
„Achso, ich verstehe. Die Lesbe kann die Männerarbeit übernehmen."
Lilly drehte sich um und blickte erschrocken in Imogens braune Augen.
„Hast du ein Problem damit?"
„Womit?"
„Lesben!"
„Ich?"
„Ja, du."
„Wie meinst du das?"
„Warum hast du das gerade gesagt?"
„Ich wollte lustig sein?"
„Oh."
„Oh was?"
„Nur Oh."
„Sag schon, was du denkst."
„Ich fand den Spruch nicht lustig, sondern etwas böse. Bezog er sich auf dich selbst, dann scheint es, als hättest du ein Problem damit lesbisch zu sein. Du greifst die, von dir vermutete, jedoch nicht vorhandene, unterschwellige

Homophobie deines Gegenübers auf, um auf diesem Wege deine eigene zum Ausdruck zu bringen."
Es kam nicht oft vor, dass Imogen sprachlos war, doch jetzt war sie es. Was hatte Lilly noch gleich gesagt, was sie studiert hatte? Psychologie war es nicht gewesen, oder?
„Nun?", fragte Lilly herausfordernd.
„Bitte?"
„Nun, habe ich Recht?"
„Nein!"
„Vielleicht denkst du mal drüber nach, es ist nicht leicht, solche Dinge zu erkennen und zu akzeptieren."
„Was bist du? Wer bist du, Hannibal Lecter? Gibt es wirklich Nudeln? Hätte ich lieber einen Chianti mitbringen sollen?"
„Du lenkst ab."
„Tu' ich überhaupt nicht. Ich habe keine Homophobie, sonst müsste ich vor mir selbst Angst haben und das habe ich nicht, nicht wegen meiner sexuellen Interessen. Wenn ich ein Problem habe, dann wohl eher mit deiner Reaktion von vorhin."
„Das habe ich mir gedacht", sagte Lilly, drückte Imogen die Flasche und den Flaschenöffner in die Hand und ging in die Küche.
Was geht hier nur vor sich?
„Und das war es?"
„Du machst mir nicht den Eindruck, als hättest du ein Problem damit lesbisch zu sein. Eigentlich machst du mir den Eindruck, als könntest und wolltest du dich über andere Dinge identifizieren, als nur über deine Sexualität. Obwohl du sehr offen und direkt zu sein scheinst, hättest

du mich nicht darauf angesprochen, warum ich gelacht habe. Und doch hätte es irgendwie zwischen uns gestanden. Meinst du nicht?“
„Ich hätte dich nicht darauf angesprochen, das stimmt. Aber es ist auch keine große Sache, also warum hätte sie zwischen uns stehen sollen? Vor allem zwischen was?“
„Zwischen unserer Freundschaft. Zwischen was sonst? Und wenn es dich nicht beschäftigt, warum hast du dann mit diesem Scherz reagiert?“
Ich weiß, mit wem ich kein Schach spielen werde, dachte sich Imogen und schwieg. Es war ihr etwas zu irritierend, sie konnte nicht erkennen, wo dieses Gespräch hinführen würde, oder sollte. Lilly schien damit einverstanden zu sein und ließ das Thema ruhen.
„Magst du Knoblauch?“
„Ja.“
„Musst du heute oder morgen noch jemanden küssen?“
„Eigentlich *musste* ich noch nie jemanden küssen, sondern habe es stets freiwillig getan. Aber nein, vor habe ich es nicht. Du kannst ordentlich Gas geben, was den Knoblauch angeht.“
„Sehr gut.“
„Aber willst du heute nicht mehr knutschen?“
„Wenn wir beide Knobi essen, geht das doch“, sagte Lilly und zwinkerte.
„Mal ernsthaft, dein Mann könnte sich gestört fühlen.“
„Wir sind zwei Personen in einem Haus mit zwei Gästezimmern und einer gemütlichen Couch. Wenn es ihn stört, kann er gern woanders schlafen. Könntest du die Teller und das Besteck auf den Tisch stellen?“

Schweigend nahm Imogen die Teller und das Besteck entgegen, deckte zwei gegenüberliegende Plätze am Tisch ein und stellte den Wein dazu.
„Gläser sind dort im Schrank“, sagte Lilly und hielt eine riesige Schüssel in den Armen.
„Wird das ‘ne Party mit zwanzig Leuten?“
„Och, ich neige dazu, etwas zu viel zu kochen.“
Wie sich herausstellte, war Lilly eine hervorragende Köchin. Das Essen war gut, die Gespräche am Tisch locker und der Wein süffig.
Nachdem sie alles im Geschirrspüler verstaut hatten, setzten sie sich ins Wohnzimmer auf die riesige beigefarbene Couch. So helle Möbel waren Imogen ein wenig suspekt, vor allem wenn man Rotwein trank. Lilly merkte Imogens leichte Befangenheit, legte die Füße hoch und sagte: „Die ist schon zum Benutzen und nicht nur zum Schauen.“
„Zu offensichtlich?“
„Ja“, lächelte Lilly.
Eine Gänsehaut ließ die Haare an Imogens Armen aufrecht stehen.
„Ist dir kalt? Möchtest du eine Decke?“
„Nein danke, mir ist nicht kalt, ich bekomme nur schnell eine Gänsehaut. Alles bestens, wenn was ist, dann melde ich mich schon.“
„Das finde ich gut, das macht vieles einfacher.“
„Macht es das?“
„Ja.“

„Manchmal ist es nicht gut, wenn man alles ausspricht. Alles in Worte fasst, was man will, braucht oder nicht will“, sagte Imogen.
„Es ist besser als zu schweigen. Dann muss der andere raten, kann danebenliegen, was zu Frust führt, was zu noch mehr Schweigen führen kann.“
„Wird bei euch viel geschwiegen?“
„Nein und ja. Kennst du das, wenn man spricht, aber nichts sagt? Worte werden zu Routine, Gesprächsinhalte inhaltslos.“
„Bist du denn nicht glücklich?“
Glücklich? Bin ich glücklich?
Lilly wusste es nicht. Sie war dankbar. Aber glücklich?
„Ich bin gesund, habe ein Dach über dem Kopf, ein recht schönes Dach und ich werde geliebt. Also müsste ich glücklich sein, nicht wahr?“
„Glück ist nichts, was man müsste. Entweder man ist glücklich oder man ist es nicht. Du kannst in noch so idealen Verhältnissen leben und trotzdem unglücklich sein.“
„Aber warum? Warum ist es so schwer glücklich zu sein?“, fragte Lilly nachdenklich.
„Ich glaube, man kann nur glücklich sein, wenn man ganz man selbst ist. Und selbst dann ist es schwierig.“
Bin ich, ich selbst? Natürlich bin ich, ich selbst, wer sollte ich denn sonst sein?
„Ich glaube schon, dass ich mein Selbst lebe.“
„Demnach bist du auch glücklich?“
„Ich weiß nicht.“

„Bist du zufrieden? Das ist auch schon mal viel wert. Ich glaube nämlich nicht, dass man immer nur glücklich sein kann. Es reicht manchmal schon, wenn man zufrieden ist“, sagte Imogen und nahm einen großen Schluck von ihrem Wein.

Das Thema berührte sie auf merkwürdige Weise. Sie sprach nicht gerne über das Glücklichsein. Glück war etwas seltenes, etwas Zerbrechliches. Wenn man es hatte und versuchte es festzuhalten, konnte es schnell in tausend Stücke zerspringen. Die Stücke waren winzig und rieselten einem wie Sand durch die Finger.

„Ich glaube schon. Schließlich gibt es nichts auszusetzen. Demnach bin ich zufrieden.“

„Vielleicht bist du auch nur mit einzelnen Aspekten nicht zufrieden. Vielleicht wärst du glücklicher, wenn du wieder arbeiten würdest. Vielleicht würde dich auch ein Kind glücklich machen. Vielleicht musst du auch nur die Möbel umstellen.“

„Oder warum kauf ich mir nicht ein Paar neuer Schuhe oder gehe mal zum Friseur, so etwas macht Frauen doch glücklich, nicht wahr?“, sagte Lilly erbost. Auf diese Weise hatte sie nicht reagieren wollen, es war einfach aus ihr herausgeplatzt.

„Ich wollte dich nicht krängen oder verspotten“, sagte Imogen mit ehrlichem Bedauern in der Stimme.

„Ich weiß. Nur weiß ich nicht, warum ich so reagiert habe. Entschuldige bitte. Das war überflüssig. Was denkst du jetzt bloß von mir?“

„Ich denke, du bist jemand, der nicht ganz zufrieden ist, und nicht weiß, an was es genau liegt. Ich halte dich für

eine Suchende“, sagte Imogen mit einfühlsamer Stimme und berührte sanft Lillys Hand.
Wärme strahlte von ihrer Hand aus, die sich durch Lillys ganzen Körper zog. Ein seltsames Gefühl erfüllte sie, ein Gefühl von Wärme und Sicherheit. Ein Gefühl von - *Es wird alles gut.*
Lilly senkte den Kopf, schloss die Augen und genoss den Schatten der Berührung, denn schon längst hatte Imogen ihre Hand wieder weggezogen.
„Wie kommt es, dass du derart ausgeglichen bist?“, fragte Lilly und schenkte noch etwas Wein nach.
„Meinst du *mich*? Ich würde mich nicht unbedingt als Ausgeglichen bezeichnen. Und ich glaube auch nicht, dass das Menschen tun würden, die mich schon länger kennen.“
„Verstehe, du versuchst dich von deiner besten Seite zu zeigen.“
„Man muss die Menschen langsam auf kleine Charakterschwächen einstimmen, sonst laufen sie weg.“
„Und du möchtest nicht, dass ich weglaufe?“
„Es wäre dem Frieden unter Nachbar nicht sehr zuträglich, wenn wir uns nicht verstehen würden.“
„Jetzt bin ich aber enttäuscht. Ich dachte du wärst an mir als Mensch interessiert und nicht nur an meiner Eigenschaft als Nachbarin.“
Imogen schwieg, nahm einen Schluck Wein, um den Moment des *Nicht-Wissen-was-man-sagen-soll* zu überspielen. Wenn sie es nicht besser gewusst hätte, hätte sie glatt glauben können, Lilly versuche mit ihr zu flirten, aber das war eine absurde Idee.

„Na ja, das Essen war wirklich gut, als Köchin würde ich dich auch ungern verlieren."
„Du bist wie mein Mann, du siehst nur das Praktische in mir."
„Ist das so? Oder meinst du das nur?"
„Dass du bist wie mein Mann oder er mich nur mehr als praktisch empfindet?"
„Ersteres habe ich überhört, also meine ich zweites."
„Ich glaube schon, dass das so ist. Aber ist das nicht das Schicksal, was alle Eheleute erwartet?"
„Das man praktisch wird?"
„Ja. Und wenn man unpraktisch wird, dann lässt man sich eben scheiden."
Imogen überlegte einen Augenblick, betrachtete dabei sehr genau Lillys Gesicht. Der Wein schien seine Arbeit zu tun. Ihre Wangen glühten, ihre Zunge begann bei manchen Worten zu schnalzen. War es sinnvoll sich auf ein Gespräch einzulassen, wenn der gegenüber eindeutig beschwipst war?
„So streng kann man das nicht sehen. Erstens liegt es, glaube ich, nicht an der Ehe, sondern am Zusammensein allgemein. Würde die Verliebtheit, die einem am Anfang ein bisschen dämlich macht, nicht irgendwann abklingen, dann würde nichts mehr funktionieren. Die Gedanken wären nur noch beim Partner, fatale Auswirkungen für jede Arbeit. Und auf der anderen Seite glaube ich nicht, dass jemand eine Ehe aufgibt, nur weil der andere unpraktisch geworden ist, da braucht es schon ein bisschen mehr. Eine Beziehung ist nun mal Arbeit, immer."

„Wie lange ging deine längste Beziehung?"
„Fünf Jahre."
„Dann weißt du, von was du sprichst, oder? Aber ist die Ehe nicht noch etwas anderes als eine Beziehung?"
„Eine Ehe ist eine Beziehung. Ehe ist für mich nur ein Begriff, ein Begriff der beschreibt, dass zwei Menschen ihren Namen auf ein Dokument gesetzt haben und dadurch Rechte erwerben, die anderen vorenthalten bleiben. Trotzdem ist es eine Beziehung, eine Partnerschaft."
„Wie meinst du das, nur ein Begriff und Rechte, die anderen vorenthalten werden?"
„Ich bin der Meinung, dass Beziehungen, Partnerschaften alle gleich anerkannt werden sollten. Und das sage ich nicht nur, weil ich lesbisch bin. Warum sollten nur Menschen, die heiraten, besondere Rechte haben? Wenn zwei Menschen eine Partnerschaft führen, über viele Jahre, es vielleicht schon Kinder gibt, warum haben sie nicht dieselben Steuervergünstigungen, dieselben Erbschaftsrechte, dieselbe Anerkennung, wie sie Eheleute haben? Warum steht nur die Ehe unter besonderem Schutz und nicht die Liebe? Denn Liebe und Ehe sind nicht dasselbe."
„Im letzten Punkt kann ich dir 100% zustimmen."
„In den anderen nicht?"
„Ich weiß nicht, ich habe da noch nie richtig drüber nachgedacht. Für mich war klar, als wir schon zwei Jahre zusammen waren und es gut lief, dass wir auch heiraten werden. Man wird geboren, geht zur Schule, macht eine Ausbildung oder studiert, dann heiratet man und so

weiter. Es ist irgendwie ...", Lilly brach ab, verlor sich in ihren Gedanken und in einem Gefühl der Leere, des Verlassenseins.
„Alles ok mit dir?", fragte Imogen, nachdem Lilly eine ganze Weile in Schweigen verfallen war.
„Wenn du diesen Weg einfach als gegeben hinnimmst und ihn gehst, dann ist es mehr oder weniger in Ordnung, wenn du allerdings anfängst nachzufragen, wenn du einmal stehen bleibst und dich umsiehst, dann wird es schwierig. Du siehst dich um und vielleicht gefällt dir nicht, was du siehst, was machst du dann?"
„Dann suchst du nach dem Weg, der deiner ist."
„Aber das ist beängstigend."
„Was beängstigt dich? Dass du nicht weißt, was kommt? Den Weg nicht zu sehen? Du kennst den Weg nie. Dein Leben kann genau so verlaufen, wie du es dir vorgestellt hast, wenn du den vorgegebenen Weg gehst, aber es kann auch ganz anders verlaufen. Du kannst stolpern, andere können stolpern."
„Du willst damit sagen, dass es keine Sicherheit gibt."
„Nein das will ich nicht, ich will damit sagen, dass man nicht weiß, was kommt und wie sich das Leben entwickelt. Deswegen ist es immer aufregend."
„Trotzdem kann es beängstigend sein, wenn du erkennst, dass dich etwas nicht glücklich macht, von dem du geglaubt hast, dass es dich glücklich machen würde."
„Du bist selbst dafür verantwortlich glücklich zu sein oder zu werden, du kannst nicht erwarten, dass dich ein anderer Mensch oder irgendetwas glücklich macht."
„Und wenn man nicht weiß, was man machen könnte?"

„Dann muss man sich ausprobieren."
Lilly atmete tief ein. *Ausprobieren*, es gab eine Zeit, da hatte sie Spaß am Probieren gehabt. Jetzt war alles Trott. Alles Gewohnheit. Warum etwas Neues ausprobieren, wenn man wusste, dass das Alte funktionierte? Vielleicht um sich glücklich zu machen.
„Es ist ziemlich spät, ich glaube, ich sollte langsam mal nach Hause."
Schade, dachte Lilly, doch sie sagte nur: „Es war sehr nett von dir, mit mir zu essen."
„Wenn sich jemand bedanken muss, dann ich, du bist eine hervorragende Köchin und ich musste mir nichts bringen lassen. Wenn ich ehrlich bin, steht noch nicht alles an seinem Platz."
„Manche Kisten wollen einfach nicht ausgepackt werden", sagte Lilly und erinnerte sich an etwas. Etwas, an das sie schon lange nicht mehr gedacht hatte. Eine Kiste. Eine Kiste, die nun ausgepackt werden wollte, sollte.
Lilly brachte Imogen zur Tür, obwohl sie es abgelehnt hatte, die Tür würde sie auch alleine finden.
„Bis die Tage?", fragte Lilly und gab Imogen zum Abschied rechts und links einen Kuss auf die Wange.
„Wir sehen uns."
Imogen drehte sich noch einmal um, als sie den Gehweg erreicht hatte, winkte Lilly zu und ging dann schnellen Schritts nach Hause. Es war frisch geworden. Die kühle Luft ließ ihre Wangen noch roter erstrahlen, der Wein hatte sie von innen gewärmt und sie spürte einen kleinen Rausch. Die Frische war eigentlich angenehm, doch sie

wollte es vermeiden, sich zu erkälten. Für die Woche stand noch viel Arbeit an, nicht nur im Haus, eine Erkältung konnte sie sich nicht leisten. Und Verwirrung eigentlich auch nicht. Sie versuchte die Gedanken an den Abend zu unterdrücken, nicht weiter darüber nachzudenken, was gesagt und vor allem, was nicht gesagt worden war. Es ging nicht.
Einzelne Gesprächsfetzen drängten sich immer wieder in ihr Bewusstsein.
Was sollte sie nur von dieser Lilly halten?
War sie unglücklich oder kokettierte sie nur damit?
Und wie glücklich war sie selbst eigentlich? Sie lebte mehr oder weniger so, wie sie es wollte, allerdings richtig zufrieden, richtig glücklich war sie auch nicht. Aber das war sie eigentlich nie. Sie war immer auf der Hut. Glück und Zufriedenheit waren sehr zerbrechlich, manchmal schneller weg, als man sie spüren konnte. Sie war dankbar und sie beschwerte sich nicht, sie wusste, dass sie ein gutes Leben hatte.
Glücklich?
Sie war so glücklich, wie man sein konnte, nachdem eine Beziehung in die Brüche gegangen war und man wieder allein durchs Leben ging. Dabei war es doch von Anfang an klar gewesen, dass es nicht für immer sein konnte.
Oder vielleicht doch?
Nein, eigentlich nicht.
Lilly!
Suchte sie eine Freundin? War sie einfach nur gesprächig? Imogen hatte keine Ahnung, wie sie Lilly einschätzen sollte. Also ließ sie es fürs Erste.

Es hatte etwas gedauert, bis sie sich daran erinnern konnte, wo sie die Kiste verstaut hatte. Im kleinen Wandschrank unter der Treppe. Lilly hatte sich in eines der Gästezimmer zurückgezogen, in dem auch ein kleiner Schreibtisch stand. Hier lagen einige Bücher von ihr, sie nutzte es als Lesezimmer, als Rückzugsort, an dem sie völlig für sich sein konnte. Alleinsein konnte sie auch im restlichen Haus, doch hier war sie nicht allein, hier war sie für sich.

Schwermut führte ihre Hand, als sie die Kiste öffnete und die Briefe erblickte. Sehr lange hatte sie sie nicht mehr zur Hand genommen. Gedacht, wirklich gedacht, hatte sie auch schon lange nicht mehr an den Schatz aus Worten, und doch waren sie irgendwie immer da. Im Unterbewusstsein, als Erinnerung, die so schön und so schwermütig war, dass man nur seufzen konnte. Es war das Gefühl, etwas zu suchen, das sie zu den Briefen greifen ließ. Die Suche nach sich selbst, nach Teilen der Seele, die man eingesperrt hatte, die man vergessen wollte, um jemand anderes zu sein, um erwachsen zu sein, um den Normen zu entsprechen, um nicht zu enttäuschen, um nicht mehr verwirrt zu sein.

Mit dem Daumen strich sie über das braune Recycling-Papier. Es war glatt gestrichen und doch spürte man die kleinen Falten, die es bekommen hatte, als es immer und immer wieder zur Hand genommen wurde. Ein Brief, geschrieben auf kariertem Papier. Im Unterricht hatte sie einige Briefe verfasst, nicht nur weil er langweilig gewesen war, sondern weil sie ihre Gedanken auf nichts anderes lenken konnte. Ihrer Schulfreundin, deren Brief sie in Händen hielt, war es genauso ergangen. Wann immer sich die Möglichkeit ergeben hatte, hatten sie sich Briefe geschrieben. Dieser stammte scheinbar aus einer schlaflosen Nacht, in der die Gefühle und Gedanken keine Ruhe geben wollten.

Hallo, Du mein Lichtblick in dieser düsteren Welt!

Es ist mitten in der Nacht und ich muss gerade an dich denken. Irgendwie ist das komisch, in der Schule haben wir so gut wie gar nichts mit einander zu tun. Okay wir haben Mathe zusammen. Ach ja und Latein und da sitzen wir sogar nebeneinander, aber ansonsten rennt man sich einfach nur mal schnell in der Schule über den Weg und wirft sich freundliche Blick und Grüße zu. Ja und schau dir unsere Freizeit an, ab und zu sehen wir uns mal bei der Schülervertretung, aber außerhalb haben wir uns auch erst ein Mal getroffen, Café Noir.

Ja das ist mir jetzt gerade mal besonders aufgefallen, weil, obwohl wir uns so wenig treffen, fühle ich mich durch die Briefe, die wir uns in letzter Zeit hin und her schreiben, so 100% von dir verstanden. Ich weiß, da ist jemand, der diesen Blödsinn kennt, sich oft selbst zu sehr mit irgendwelchen Dingen belastet. Ich ziehe mir manchmal für Sachen Schuhe an, für die ich gar nichts kann. Ganz oft schon habe ich über den Sinn des Lebens nachgedacht und bin bis jetzt noch zu keinem Schluss gekommen. Taja und ich weiß nicht warum, aber bei solchen Sachen fühle ich mich bei dir total geborgen und sicher. Darf ich dich Mama nennen? Scherz! Ho Ho!

Nein jetzt aber mal völlig im Ernst, ich bin nachdenklicher als alle immer denken. Ich habe eigentlich immer Probleme und wenn nicht, dann mache ich mir welche, so damit du's weißt, ich bin nicht fröhlich. Ich bin ganz oft sogar tot traurig. Manchmal möchte ich alles verändern können, ich würde Schulen für alle Kinder dieser Welt fordern. Jeder sollte das Recht haben sich zu bilden. Na ja, ob das durch Schule geht?

Anderes Thema. Niemand sollte hungern müssen, alle Menschen sollten nicht nur auf dem Papier gleichberechtigt sein und die Abholzung im Regenwald sollte sofort eigestellt werden. Die Einzige, die all solche nachdenklichen, träumerischen Gedanken mit mir schon durchgemacht hat ist Mel und sie eignet sich auch wirklich gut für diesen Job. Aber mal ganz im Ernst, sie ist wundervoll. Sie ist was ganz besonderes, genauso wie du. Vielleicht glaubst mir, vielleicht auch nicht, du bist mir total wichtig geworden und eins kannst du dir hiermit hinter die Löffel schreiben, so schnell wirst du mich nicht wieder los. Ich möchte am liebsten immer für dich da sein, auch wenn ich weiß, dass ich das nicht kann, weil ich eigentlich fast nie zu hause bin. Aber ich verspreche dir mit meinem ersten Gehalt, was ich je bekommen werde, kaufe ich mir ein Handy und du bist die Erste, die die Nummer erfährt und solange ich noch keins habe, muss du es noch mit dem Anschluss bei mir zuhause versuchen. Oder auf diesem genauso schönen Postweg. Mir ist gerade ein Fuß eingeschlafen, ich glaube, dass ist das Zeichen dafür, dass der Rest meines Körpers auch schlafen will.

Gute Nacht und Kuss, deine still erhabene Joanna

Lilly schmunzelte. Das war einer der ersten Briefe gewesen. Der Beginn einer Freundschaft. Ein vorsichtiges Herantasten an den anderen. Ein Ausprobieren, wie weit man gehen kann, ohne den anderen zu verschrecken. *Irgendwann hatten wir uns beide verschreckt,* dachte Lilly. Sie wusste noch genau, wie sie sich gefühlt hatte, wenn sie einen dieser Briefe bekam. Verrückt, damit hatte sie nicht gerechnet, doch die Erinnerungen waren derartig real und intensiv, sie spürte sie mit jeder Faser ihres Körpers. Die Aufregung, wenn man sich auf dem Flur das erste Mal des Tages begegnete.

Hat sie einen Brief für mich?
Dann das Zustecken im Vorbeigehen, diese erlösende Spannung. Das Zustecken! Es war ein Akt des Heimlichen, niemand sollte etwas davon mitbekommen. Als wären sie Spione gewesen, die sich eine Geheimbotschaft zukommen ließen. Aber waren es nicht auch Geheimbotschaften?! Zwischen den Zeilen stand so viel mehr.
Lese ich ihn jetzt, im Unterricht, heimlich unter der Bank, warte ich bis zur Pause oder lasse ich die Spannung bestehen, bis ich zu Hause bin? Alleine in meinem Zimmer, ganz für mich, nehme ich jedes Wort auf. Lache, bin traurig, erröte, fühle mich geschmeichelt, empfinde Dankbarkeit, Freundschaft, Liebe.
Einige dieser Brief hatten ihr über schwierige Zeiten hinweg geholfen. Die einzige Freude waren die Worte gewesen, auf dem unscheinbaren Papier. Der erste Mensch, der sie wegen dem schätzte, wer sie war, wegen ihrer Widersprüche. Der erste Mensch, der es irgendwann fürchterlich fand, wie sie war.
„Ich bin nicht das, was du brauchst. Du brauchst jemand, der offener ist, jemand, der dir geben kann, wonach du dich sehnst. Ich kann das nicht. Ich bin nicht so, wie du mich gerne hättest“, hatte Lilly versucht zu erklären.
Lilly hatte Joanna nie verletzen wollen. Es war Liebe gewesen und deswegen hatte sie es beendet. Was als Abenteuer anfing, wurde zu einer Beziehung. Doch irgendwann kam die Einsicht, dass sie zu unterschiedlich waren. Zugern wäre sie der Mensch gewesen, den Joanna brauchte. Jemand, der offen mit seinen Gefühlen umgehen konnte, der in allen Dingen offen war. All das

waren Wünsche gewesen, die sich niemals erfüllen ließen. Lilly war an ihren eigenen Ansprüchen gescheitert und hatte es beendet, bevor aus Liebe Hass werden konnte.
Sie legte den Brief zurück, schloss die Kiste, stellte sie unter den Schreibtisch und verließ das Zimmer.
Es wurde Zeit ins Bett zu gehen. Sollte sie noch auf Patrick warten?
Nein, wer weiß, wann er nach Hause kommt.
Sie wollte jetzt nur noch schlafen. Ein bisschen Ruhe haben und an nichts denken. Keine komischen, traurigen oder verwirrenden Gefühle mehr haben. Leider hatte Lilly die Rechnung ohne ihre Träume gemacht, die verwirrenden Gedanken wollten sich in Bildern Gehör verschaffen und das taten sie.

Alltag

War das der richtige Platz für dieses Meisterwerk? Hatte es genug Licht oder vielleicht schon ein wenig zu viel? Es hing dort gut und diesen Entschluss fasste Imogen nicht nur, weil Tim und Fatima aussahen, als wollten sie jeden Moment in den Streik treten.
„Du bist pedantisch. Ja meine Liebe, du bist ein pedantisch, neurotischer Diktator“, sagte Tim und verschränkte die Arme vor der Brust.
„Ich bin nicht pedantisch, ich bin genau. Wäre ich ein Diktator, hätte ich dich für deine Unverschämtheiten längst erschossen. Da du jedoch noch stehst und recht lebendig aussiehst, kann ich wohl kaum ein Diktator sein“, entgegnete Imogen.
„Du hast neurotisch vergessen“, kiekste Fatima und hielt sich wie immer die Hand vor dem Mund beim Lachen. Es war ein Überbleibsel ihrer Jugend und ihrer damaligen Zahnspange.
„Für diesen Vorwurf habe ich keine Gegenargumente. Da hat unser Alibimann Recht, ich bin neurotisch. Aber gebt es zu, meine Exzentrik macht mich erst richtig liebenswert.“
„Ich denke, ich muss dringend im Lager etwas … Ach,

was soll's, ich geh lieber", sagte Tim mit näselnder Stimme und in der Luft schwingender Hand, als würde er ein Cape über seine Schulter werfen.
Die beiden Frauen sahen sich grinsend an, blickten Tim kurz hinterher und wandten sich dann wieder dem Bild zu.
„Ich verstehe nicht, warum er das tut?"
„Warum tut wer, was?", fragte Imogen ohne den Blick von dem Bild zu nehmen.
„Tim! Warum benimmt er sich wie eine Karikatur eines Schwulen? Er ist doch nicht immer so, es ist gespielt, entspricht nicht seiner wahren Natur."
„Es macht ihm Spaß. Er trifft immer wieder auf diese Klischees, also gibt er den Leuten, was sie erwarten. Man könnte auch sagen, er bemüht sich niemanden zu enttäuschen."
„Ich glaube kaum, dass du das von ihm erwartest. Und ich schon gar nicht. Wir laufen doch auch nicht rum, als hätten wir Socken in der Hose", sagte Fatima und kicherte wieder in ihre Hand.
„Jeder gute Schauspieler muss proben und wir sind sein Publikum. Sein Vorabpublikum."
Bis jetzt hatte sich Imogen nie Gedanken um Tims Verhalten gemacht. Sie nahm die Menschen, wie sie waren, akzeptierte ihre Eigenheiten und Spleenigkeiten. Nur, wenn sich jemand daneben benahm und andere damit belästigte oder noch schlimmeres, endete ihre Akzeptanz. Dass Tim affektiert durch die Gegend tänzelte, machte ihr herzlich wenig aus und bis jetzt hatte sie auch noch nicht bemerkt, dass sich Fatima daran

störte.
Mit einer hochgezogenen Braue blickte Imogen zur Seite. Unwillkürlich legte sie den Kopf ein wenig schief, während sie Fatima beobachtete und sich fragte, was wirklich hinter ihrer Frage steckte.
„Ist alles in Ordnung bei dir?"
„Wieso fragst du?"
„Eine Frage mit einer Gegenfrage zu beantworten, bedeutet, dass du der Antwort aus dem Weg gehst. Es ist also nicht alles in Ordnung. Hast du ein Problem mit Tim?", fragte Imogen und berührte leicht Fatimas Schulter.
„Es hat nichts mit Tim zu tun", sagte Fatima und blickte zu Boden, wie es fast alle Menschen taten, wenn ihnen etwas unangenehm war.
„Das ist ja schon mal positiv. Mit wem hat es dann zu tun, wenn ich fragen darf?"
„Ich war am Wochenende auf der Hochzeit einer alten Schulfreundin und natürlich waren auch noch andere Schulfreunde da. Einer, den ich schon damals zum Fressen gern hatte, fragte mich, ob es stimmen würde, dass ich lesbisch sei. Ich sagte ja. Daraufhin schaute er mich schief an und meinte, das würde man mir gar nicht ansehen. Ich hätte ihn am liebsten gefragt, was er erwarte? Einen Herrenschnitt und ein Holzfällerhemd?!"
„Was hast du stattdessen gesagt?"
„Gar nichts. Ich hab nur gegrinst."
„Du bist nicht auf ihn sauer, sondern auf dich. Weil du ihm keine passende Antwort gegeben hast", sagte Imogen und lächelte verständnisvoll.

Beide sahen sich schweigend an, jede wusste, dass Imogen ins Schwarze getroffen hatte, doch es lag nicht in Fatimas Natur das zuzugeben.
„Vielleicht ein bisschen, aber viel mehr ärgert mich, dass die Leute noch immer diese dummen Vorurteile haben und das Heute."
„Was erwartest du denn? Bis 1967 stand Homosexualität unter Strafe. Bist du nicht im Knast gelandet, versuchte man dich mit Elektroschocks zu therapieren. In vielen Ländern schwebst du noch immer in Lebensgefahr, wenn du deine Homosexualität auslebst. Denk nur mal an Russland. Dort wurden die Simpsons verboten, weil sie homosexuelles Verhalten fördern. Wunderst du dich da wirklich, dass es noch Vorurteile gibt? Heute ist nicht allzu weit von Gestern entfernt."
Imogen wandte sich wieder dem Bild zu, doch Fatima blickte weiterhin ihre Chefin an. Sie liebte es, ihr zuzuhören, Imogens Stimme klang stets ruhig und freundlich, das verlieh ihren Worten eine besondere Ausdrucksstärke. Nichts war geschehen, nichts war geklärt, trotzdem fühlte sich Fatima nach einem Gespräch mit ihr besser, als würde alles gut werden. Selbst in der Zeit, in der es Imogen nicht gut ging, hatte ihre Stimme diese heilsame Wirkung auf andere gehabt. Manchmal hatte sich Fatima gefragt, wer wen tröstete?
„Was hättest du an meiner Stelle gesagt?"
„Das ist nicht wichtig. Es sollte uns nicht interessieren, was andere denken oder sagen."
Das sollte es nicht und doch hat mich das Lachen von Lilly irritiert gehabt. Und dann wirft sie mir auch noch vor, ich sei homophob.

„Vor ein paar Tagen hat mir meine neue Nachbarin vorgeworfen, ich hätte ein Problem damit lesbisch zu sein. Ich glaube, sie hat Recht. Ich mag es nicht, wenn man mich als lesbisch betitelt, oder wenn ich das tue. Bis jetzt habe ich mich nur in Frauen verliebt. Kann ich deswegen ausschließen, mich jemals in einen Mann zu verlieben? Ich finde weder Männer noch ihren Körper unangenehm oder unansehnlich. Wenn in einem Film zwei Männer knutschen oder ein Mann und eine Frau, dann empfinde ich das als ebenso erotisch wie einen Kuss zwischen zwei Frauen. Kann ich mich demnach als lesbisch bezeichnen? Ich will nicht lesbisch sein. Ich will nicht auf Grund meiner Partnerwahl definiert werden."
„Ich will das schon. Ich will nur nicht, dass man die Klischees über mich ausschüttet", sagte Fatima.
„Du willst in eine Schublade gesteckt werden, auf der *LESBISCH* steht. Allerdings sollen sich in der Schublade keine Klischees befinden."
„Ja! Nein. Ich meine ja nur …"
„Was meinst du nur?"
Fatima schwieg einen Moment, versuchte vergeblich die richtigen Worte zu finden. Es war schwierig zu erklären, was sie wollte. Obwohl es ganz einfach war.
„Wenn mich schon Heteros nicht als Lesbe anerkennen, wie soll ich dann eine Partnerin finden?!"
Imogen drehte sich zu Fatima um, legte eine Hand auf ihre Schulter und lächelte.
„Darum geht es dir? Glaub mir, ein Schild um deinen Hals, auf dem LESBE steht, wird dir keine Beziehung bringen. Jemand wird sich in dich als Mensch verlieben,

weil du süß und liebenswert bist, nicht weil du auf Frauen stehst."

„Es wäre mir allerdings wirklich wichtig, dass dieser *Jemand* eine Frau ist", sagte Fatima, errötete und senkte verlegen den Blick.

„Turteln, anstatt zu arbeiten? Das sollte ich mir mal erlauben", sagte Tim, stemmte die Hand in die Hüfte und verdrehte die Augen.

„Flirtest du etwa nicht mit mir, wenn du etwas willst?", fragte Imogen.

„Das ist ein legales Mittel der Freundlichkeit und um seine Ziele schneller zu erreichen."

„Dann turteln wir nicht, sondern sind nur freundlich zu einander. Jetzt muss aber Schluss sein mit der Freundlichkeit. Ran an die Arbeit."

Fatima sah Imogen nach, die zum Büro rüberging und fragte sich, ob das nur Geplänkel gewesen war. Hatten sie wirklich miteinander geflirtet? Hatte diese wunderschöne, selbstsichere Frau endlich erkannt, dass Fatima mehr war als nur ein guter Kumpel? Das waren verrückte Gedanken, Klein-Mädchen-Schwärmereien. Oder bestand eine Chance, dass Imogen dieselben Gefühle für sie entwickeln konnte, die in Fatima bereits bei ihrer ersten Begegnung aufgeflammt waren?

Montag!

Montag war der Tag, an dem sich Lilly überlegte, was es die Woche über zu Essen geben würde, dementsprechend stellte sie eine Einkaufsliste zusammen und fuhr dann los, um all die Dinge zu besorgen. Jeden Montag. Außer es war ein Feiertag oder sie zu krank, um das Haus zu verlassen. Heute war weder ein Feiertag noch lag sie flach und doch lag die Einkaufsliste bereits seit einer Viertelstunde vor ihr. Sie konnte sich nicht aufraffen das Montagsritual weiterzuführen. Bereits das Erstellen des Essensplans war ihr schwergefallen. Beim Schreiben der Einkaufsliste war ihr dann gänzlich die Luft ausgegangen und nun saß sie da und starrte aus dem Fenster.

Jeder Tag hatte eine feste Aufgabe.

Montag = Einkaufen.

Dienstag = Hausarbeit.

Mittwoch = Wäsche.

Donnerstag = Termine/Post.

Freitag = Hausarbeit.

Samstag = Gartenarbeit.

Sonntag = Familientag.

Es war eine gute Einteilung. Jeden Tag etwas tun, so wurde es nie zu viel und Zeit für sich hatte sie ebenfalls genug. Eine gute Einteilung, der sie bis jetzt ungefragt nachgekommen war. Nur heute konnte sie ihr nicht folgen, wollte sie ihr nicht folgen. Alles in ihr sträubte sich diesen dämlichen Einkauf zu erledigen. Das war albern und wenig effektiv, das wusste sie.

Er würde es nicht einmal merken, schoss es ihr durch den Kopf. Heute stand wieder eins seiner wichtigen, bis in den Abend reichenden Geschäftsessen an. Sollte das Nicht-Einkaufen eine Rebellion gegen ihren Mann sein, dann war es eine ziemlich schlechte Rebellion, die nur sie zu spüren bekommen würde, spätestens, wenn ihr Magen anfing zu knurren und der Blick in den Kühlschrank in

die Leere führte.
Das war völlig absurd. Warum sollte sie gegen Patrick rebellieren? Er hatte diese Wocheneinteilung nicht aufgestellt. Er zwang sie nicht dazu Zuhause zu bleiben. Wie jeder Mann, wollte auch er, dass seine Frau glücklich war. Wenn sie demnach nicht glücklich war, dann sollte sie mit ihm darüber reden. Zusammen würden sie sicher eine Lösung finden.
Vielleicht sollte sie den Einkauf einfach nach hinten verschieben und stattdessen mit einer Freundin einen Kaffee trinken. Dummerweise verspürte sie auch dagegen einen lähmenden Widerwillen. Seit ihre Freundinnen die Mutterschaft angetreten hatten und sie als einzige noch nicht dem Kinderwunsch nachgekommen war, fühlte sie sich in deren Gesellschaft nicht mehr sonderlich wohl.
Wann ist es bei euch soweit?
Ist er nicht niedlich! Bekommst du da keine Lust auch so ein kleines Wunder in den Armen zu halten?
Probiert ihr es bereits? Bei uns hat es fast ein Jahr gedauert. Du solltest zumindest schon mal anfangen deinen Einsprung zu beobachten.
Nett gemeinte Fragen und Ratschläge. Gleichzeitig erinnerten sie diese Nettigkeiten auf verschrobene Weise an Star Wars.
Luke, komm auf die dunkle Seite der Macht.
Ohne Kind gehörte sie nicht mehr zu 100% zu ihren Freundinnen. Wie es gute Freundinnen taten, wollten sie ihr nur helfen, diesen kleinen Fauxpas zu eliminieren. Bis Patrick befördert wurde, hatte sie ein Argument, eine Entschuldigung, doch dann …

Ja, was dann Lilly?
Sie wusste es nicht. Doch sie wusste es, sie wollte nur nicht darüber nachdenken.
Mit dem Kaffee würde es nichts werden, aber was sollte sie stattdessen tun?
„Einkaufen", sagte sie laut, stand auf und nahm die Einkaufsliste, schließlich war heute Montag.

Freundinnen

Die Wärme der Sonne fühlte sich auf ihrer Haut samtweich an. Die letzten Tage hatte es nur geregnet und obwohl Imogen keine Sonnenanbeterin war, musste sie zugeben, wie gut es tat, ihre Strahlen nun wieder auf der Haut zu spüren.
Sie gehörte nicht zu den Menschen, deren emotionale Stimmung vom Wetter abhing. Der graue Himmel, das trübe Wetter hatten sich dieses Mal jedoch auf ihre Gefühle ausgewirkt. Bei solch einem Wetter blieb man lieber zuhause, was sie auch getan hatte. Sie hatte gemalt, sich die Termine für die Galerie angesehen und Adressen von einigen wichtigen Personen der Kunstszene herausgesucht. An Beschäftigung mangelte es ihr nie. Nur ging es nicht um Beschäftigung. Sie hätte die verregneten Tage gerne mit jemanden verbracht. Bei einem heißen Tee mit der Liebsten geredet, den Urlaub geplant, sich aneinander gekuschelt. Nicht das Wetter war ihr auf die Stimmung geschlagen, die Einsamkeit war es. Der Regen hatte die Sehnsucht nach oben gespült. Zu gerne hätte sie sich eingeredet, dass sie all das gehabt hatte und eine Rückkehr in die Ex-Beziehung Heilung von der Einsamkeit gebracht hätte. Doch das konnte sie nicht,

denn es war eine Lüge. Sie hatten nie einen gemeinsamen Urlaub geplant. Nur sehr selten hatten sie sich bei Regenwetter aneinander gekuschelt. Es gab in der Beziehung so viel Einsamkeit, dass sie zu einer eigenständigen dritten Person geworden war. Imogen sehnte sich nach etwas, das sie nie hatte.
Erkannte man die Sehnsucht nicht bereits an ihrer Umgebung? Zwei Sonnenliegen standen in ihrem Garten, obwohl sie nur eine brauchte. In ihrem Schrank befanden sich amüsante Frosch-Motiv-Tassen im Doppelpack. In ihrem Bett lagen zwei Decken und zwei Kissen.
„Störe ich?"
Erschrocken fuhr Imogen von der Sonnenliege auf und starrte in das zaghaft lächelnde Gesicht von Lilly.
„Es tut mir leid, ich wollte dich nicht erschrecken."
„Ich würde gerne sagen, das hast du nicht, aber das hast du. Mein Nervenkostüm war früher auch mal stabiler."
„Ich wollte dir nur einen Kirschkuchen vorbeibringen. Da war ein Kirschenstand am Straßenrand und ich musste zuschlagen. Zuhause stellte sich heraus, dass zwei Kilo Kirschen etwas viel sind", erklärte Lilly und blickte auf den Kuchen in ihren Händen.
Imogen war sich nicht sicher, doch sie meinte Traurigkeit in Lillys Blick zu erkennen. Der Kuchen sah gut aus, daran konnte es nicht liegen. Was war nur los mit ihrer Nachbarin? Gehörte sie zu diesen unzufriedenen Vorstadtfrauen, denen langweilig war oder steckte mehr dahinter? Steckte nicht immer mehr dahinter?
„Der sieht sehr lecker aus. Kirschkuchen mag ich."
„Ich auch!", sagte Lilly und Erleichterung schwang in

ihrer Stimme mit. Sie lächelte, sah sogar ein bisschen stolz aus. Wie ein Kind, das nicht wusste, ob es Ärger oder Lob bekommen würde, hatte sie dagestanden und auf Imogens Urteil gewartet. Es war positiv ausgefallen. Möglicherweise eine freundschaftliche Lüge, aber das reichte Lilly, Hauptsache es waren nette Worte.
„Soll ich Kaffee machen und Teller holen?“, fragte Imogen.
„Ich helfe dir.“

Es war keine Lüge gewesen, der Kuchen schmeckte hervorragend und war sogar einer von Imogens Lieblingskuchen. Kirsche oder Schokolade, Apfel war auch eine gute Wahl, allerdings für den Herbst und Winter.
„Du bist schnell eingezogen“, sagte Lilly.
„Ja? Wie kommst du darauf?“
„Weder in deinem Wohnzimmer noch in der Küche standen Umzugskartons. Alles hat seinen Platz. Bei uns standen noch nach einem halben Jahr Kartons herum.“
„Vielleicht ging es schneller, weil ich alleine bin. Ich muss mich nur mit mir absprechen und kuschelige Abende, die mich vom Einräumen abhalten, gibt es nicht.“
„Warum ein Haus?“
„Weil mein Auto keine Dusche hat!“
„Ich meine es ernst. Du bist unabhängig und frei, warum ein Haus? Warum wohnst du nicht in der Stadt. In mitten von Menschen und Lebendigkeit? In der Nähe von Theatern, Kinos und Museen? Warum ein Haus auf dem Land?“

Stille und eine Frage.
Die Frage brannte Imogen auf der Zunge, doch eine eindringliche Stimme ermahnte sie, diese nicht zu stellen.
Du bringst dich nur in Teufelsküche.
Wahrscheinlich hatte die Stimme Recht, doch war es schwer die Frage zu ignorieren, sie hallte durch ihren Kopf, wollte hinaus.
Bist du glücklich?
Doch das hatten sie schon gehabt. Bei einer Flasche Wein und einer gelösten Zunge. Das musste auch der Grund gewesen sein, warum Imogen Lilly danach gefragt hatte. Denn was ging es sie an? Nichts!
Selbst, wenn man nur etwas Gutes mit dieser Art von Frage bezweckte, nämlich Anteilnahme an dem Leben und den Gefühlen eines anderen zu zeigen, konnte das in etwas Negatives umschlagen. Manche Leute waren zufrieden mit dem, was sie hatten, bis man sie danach fragte und sich Zweifel in ihnen auftaten. Dann erst begannen sie nachzudenken und nach allem zu suchen, was sie unzufrieden machte. Nun konnte man darüber streiten, ob es nicht doch zu etwas Positivem führte, auch wenn zuvor etwas Negatives stand. Nur sehr wenige Menschen streben danach glücklich zu sein, wenn sie feststellten, dass sie es eigentlich nicht waren. Die meisten wurden mürrisch und ließen ihre schwankenden Gefühle an den Menschen in ihrem Leben aus. Manche begingen sogar Dummheiten und zerstörten ein Leben, in dem sie sich eigentlich recht wohlgefühlt hatten. All das nur wegen einer kleinen, wohlgemeinten Frage.
Solange Imogen nicht den Eindruck hatte, dass Lilly kurz

davor war, sich von einer Brücke zu stürzen, würde sie nicht fragen.
„Ich mag die Natur, die Stille. Meine Muse scheint das ebenso zu sehen. All das hier ist gut für meine Kunst."
„Aber das ist nicht alles. Du wolltest möglichst viel Abstand zwischen dir und eine andere Person bringen."
Imogen hatte einen Schluck Kaffee trinken wollen, doch nun schwebte die Tasse in der Luft, war vergessen. Da machte sie sich einen Kopf darüber, was sie besser nicht zu Lilly sagen sollte und dann bekam sie einen Haken verpasst.
„Hallo!"
Gerettet, dachte Imogen, stand auf und ging Fatima entgegen. Sie hatte ganz vergessen, dass sich Fatima angeboten hatte, ihr die restlichen Unterlagen bezüglich der Ausstellung vorbeizubringen, umso mehr freute sie sich darüber, dass sie im richtigen Moment aufgetaucht war. Wenn sie eines nicht wollte, dann über Ex-Beziehungen sprechen.
Fatimas Blick ging an Imogen vorbei zu dem kleinen Tischen, der unter dem Walnussbaum stand und an dem eine fremde Frau saß. Eine sehr hübsche, fremde Frau. Braunes, schulterlanges, glänzendes Haar. Schlank, aber kein Püppchen. Hübsch auf eine sehr natürliche Art. Eine Frau, an der alles zusammenpasste, von der Frisur bis zu den Schuhen und ganz Imogens Beuteschema war. Damit hatte Fatima nicht gerechnet. Wie konnte Imogen kurz nach ihrem Umzug bereits eine Frau kennenlernen? Oder hatte sie dieses Geheimnis schon zuvor gehabt? War *sie* der wahre Grund für den Umzug?

Reiß dich zusammen, ermahnte sich Fatima. Es ging sie schließlich nichts an, mit wem Imogen was machte.
„Du bist ein Schatz und als Belohnung wartet ein Stück Kirschkuchen auf dich“, sagte Imogen und gab Fatima zur Begrüßung rechts und links auf die Wange einen Kuss.
„Ich will euch nicht stören!“, sagte sie ein Ticken kühler, als sie wollte.
„Du störst uns nicht“, erwiderte Imogen, hakte sich bei Fatima unter und zog sie mit zum Walnussbaum. Kaum hatten sie Lilly erreicht und Imogen zu einer Vorstellung ihrer Nachbarin angesetzt, als diese ihr zuvorkam.
„Ich bin Lilly, Nachbarin und Freundin von Imogen.“
Mit Mühe konnte Imogen ihren Kiefer davon abhalten herunterzuklappen. Waren sie nach nur vier Gesprächen bereits Freundinnen?
„Angenehm, ich bin Fatima, Mitarbeiterin und langjährige Freundin von Imogen.“
Was geht hier vor?, fragte sich Imogen und blickte von Fatima zu Lilly. Die beiden musterten sich, während sie beim Händeschütteln scheinbar die Hand der anderen versuchten zu zerquetschen. Wenn es Liebe auf den ersten Blick gab, war das dann das Gegenteil? Die beiden belauerten sich wie zwei Raubkatzen, die in das Revier der anderen eingedrungen waren. Nur war der Garten nicht ihr Revier, sondern das von Imogen.
„Noch eine Runde Kuchen?“, brach Imogen die eisige Begrüßung.
„Für mich nicht, ich wollte dir ja nur den Kuchen vorbeibringen. Danke für den Kaffee.“

Während sie sprach, legte sie die Hand auf Imogens Schulter, dann beugte sie sich vor und gab ihr einen Kuss auf die Wange. Es war kein gewöhnlicher Abschiedskuss. Ihre Lippen hauchten keinen Kuss, sie legten sich auf Imogens Wange, verweilten und lösten sich viel zu spät.
„Wir sehen uns“, sagte Lilly und blickte Imogen dabei tief in die Augen.
„Ich hoffe, dass wir uns auch bald mal wiedersehen“, sagte sie an Fatima gewandt, gab ihr kurz die Hand und ging.
Imogen konnte nichts weiter tun, als ihr hinterher zu starren. Was war das nur für eine merkwürdige Aktion? Die Wärme tat manchen Leuten wirklich nicht gut.
„Warum hast du nicht gesagt, dass du eine Neue hast? Ich hätte sie mit auf die Gästeliste gepackt.“
„Eine … Was?“
Sollte das ein Scherz sein oder eine mysteriöse Sommererkältung, die sich auf die Denkfähigkeit der Menschen auswirkte, anstatt sie niesen zu lassen?
„Das war meine Nachbarin.“
„Und Freundin, laut ihrer Aussage.“
„Scheinbar bin ich auch ihre Freundin.“
„Sie ist ganz dein Beuteschema“, sagte Fatima.
„Warum, weil sie verheiratet ist?“, entgegnete Imogen mit einem seltenen Anflug von Wut in der Stimme.
„Entschuldige, ich wollte nicht … Ich meinte nur …“
„Ich weiß. Liegt wohl am Wetter. Die Wärme macht uns alle ein bisschen gaga.“
Fatima nickte nur, während Imogen ihr bedeutete, dass sie sich setzen solle. Es tat ihr wirklich leid, sie mit ihrer

Aussage getroffen zu haben, gleichzeitig keimte aber auch Genugtuung in ihr auf. Frau Nachbarin war verheiratet. Selbst, wenn diese Nachbarin ein Auge auf Imogen geworfen hatte, würde sie gegen verschlossene Türen laufen. Die Geschichte mit Sue hatte Imogen schlimm zugesetzt, sodass sie sich nie wieder auf eine Bi-Frau einlassen würde. Die gingen immer zu ihren Männern zurück. Vielleicht gab es Ausnahmen, aber von denen kannte Fatima nicht eine. Imogen hatte sich verbrannt und würde sicher nicht noch einmal mit dem Feuer spielen.

„Dir ist aber bewusst, dass deine Nachbarin auf dich steht."

„Bitte, das ist doch Unsinn. Ich empfinde es als Kompliment, dass du denkst, ich könnte die Frauen lesbisch machen. Allerdings sehe ich mich nicht so."

„Und deine Nachbarin? Sieht die das wie du oder wie ich?", fragte Fatima und wünschte sich, sie könnte den Mund halten.

„Ich denke, sie fühlt sich einsam und sucht eine Freundin", sagte Imogen mit Nachdruck. Sie wollte dieses absurde Gespräch endlich beenden.

„Ich will nur, dass du vorsichtig bist. Wer weiß, wie diese Vorstadt-Ehefrauen auf eine Abfuhr reagieren."

Wahrscheinlich, wie jeder andere auch, mit Enttäuschung und Selbstzweifel, dachte Imogen.

„Freundin?! Was habe ich mir dabei nur gedacht?", fragte sich Lilly und schüttelte ungläubig den Kopf.

Sie konnte nicht glauben, was für einen Unsinn sie gerade

von sich gegeben hatte. Wie paralysiert stand sie noch immer im Flur, mit dem Rücken an die Wand gelehnt und den Blick starr auf die beigefarbene Wand vor sich. Warum hatte sie so einen Mist verzapft? Sie wusste warum, weil mit dem Eintreffen von dieser Freundin ein Gefühl des Beschützen-müssens aufgekeimt war. Als hätte sie in grauer Vorzeit ein Mammutsteak vor einem fremden Stamm verteidigen müssen. Auf den ersten Blick hatte sie es gesehen, sie wollte ihr Imogen wegnehmen. Nur, wie nahm man jemanden etwas weg, das ihm überhaupt nicht gehörte? Sie kannten sich gerade mal ein paar Wochen, während die andere Freundschaft sicherlich schon seit Jahren Bestand hatte. Zudem waren Imogen und sie Nachbarn, keine engen Freundinnen. War sie wirklich derartig besitzergreifend?
Eigentlich nicht.
Selbst, wenn Patrick massiv angebaggert wurde, war sie nie dazwischen gegangen. Lilly hatte sich amüsiert. Ihr Mann war attraktiv, groß und charmant, natürlich flogen die Frauen auf ihn. Das Gefühl, ihn verteidigen zu müssen vor den fremden Frauen, hatte sie nie befallen. Er hatte sich für sie entschieden und das reichte ihr als Absicherung.
Sie war also kein besitzergreifender Mensch, wieso drehte sie bei Imogen dann durch? Sie waren ja nicht einmal ein Paar, sie waren nur Nachbarn, vielleicht Freunde. Wahrscheinlich ging es gar nicht um Imogen, wahrscheinlich hatte diese Freundin etwas an sich, auf das Lilly allergisch reagierte. Manche Menschen waren einem von Anfang an sympathisch und andere nicht.

Oder ist da mehr?
Lillys Herz stolperte bei dem Gedanken, der Frage, die eine leise Stimme in ihrem Kopf gestellt hatte.
„So ein Unsinn!“, sagte sie laut, als könnte sie sich dadurch von dem Wahrheitsgehalt ihrer Worte besser überzeugen.
Sie war verheiratet. Mit einem Mann. Diese Episode in ihrem Leben war lange vorbei, wie bei vielen. Wenn man jung ist, sieht man alles mit anderen Augen. Man ist freier und mutiger. Dann wird man älter und das Rebellische nimmt ab. Vielleicht stellt man auch fest, dass das Leben schwierig genug ist und sucht deswegen einen einigermaßen sicheren Weg. Vielleicht denkt man über all das überhaupt nicht nach und handelt so, wie es von einem erwartet wird.
Imogens sanftes Lächeln erschien vor ihrem Inneren-Auge und ein Kribbeln zog durch ihren Körper. Es stimmte, dass Imogen etwas sehr Anziehendes an sich hatte. Sie war attraktiv, interessant, besaß Tiefe und Wärme. Lilly fühlte sich in ihrer Gegenwart wohl. Selbst die leichte Nervosität, die sie beim Anblick von Imogen verspürte, war angenehm. Die Nervosität gab ihr ein Gefühl von Lebendigkeit, die sie lange nicht mehr gespürt hatte. *Vielleicht, aber nur vielleicht, bin ich ein bisschen verliebt*, gestand sie sich ein. Eine Verliebtheit, wie man sie aus Anerkennung oder Bewunderung empfand. Keine sexuelle Verliebtheit, die zu einer Beziehung führen sollte. Nein, so eine war es nicht. Sicherlich nicht, versuchte sie sich einzureden.
„Hallo?! Bist du auch gerade erst reingekommen?“, fragte

Patrick und blieb in der Haustür stehen.
„Was machst du denn schon hier?", fragte Lilly verwundert, vor allem darüber, dass sie nicht einmal den Schlüssel in der Tür gehört hatte.
„Heute konnte ich mich früher loseisen. Nach den letzten Wochen voller Überstunden, haben wir uns das verdient", sagte er, stellte seine Tasche ab, zog sein Jackett aus und streifte sich gleichzeitig die Schuhe ab.
Wohl eher Monate, dachte Lilly, sparte sich jedoch die Worte. Es war, wie es war und darüber zu reden, würde nichts ändern. Außerdem war ihr nicht nach reden. Ein plötzliches Verlangen überkam sie. Die Verwirrung musste aufhören, die Gedanken Ruhe geben. Das beste und wohltuendste Mittel gegen lästiges Nachdenken war Sex. Hinzukam das Gefühl, sich etwas beweisen zu müssen.
Lilly drückte sich von der Wand ab, schlang die Arme um Patrick und küsste ihn so stürmisch, dass er einen Schritt nach hinten machen musste.
„Womit habe ich das denn verdient?", fragte er zwischen den Küssen.
„Das hat nichts mit dir zu tun. Ich will es. Jetzt!"
„Soll mir recht sein."

Annährung

Imogen starrte die weiße Leinwand an und die Leinwand starrte zurück. *Setz den Pinsel an*, schien sie zu sagen, doch Imogen konnte nicht. Ihr Kopf war leer. Eigentlich war er nicht leer, sondern inspirationsfrei, dafür aber angefüllt mit Gedanken und Fragen. Sie war aufs Land gezogen, um den Kopf frei zu bekommen, sich ganz auf die Arbeit zu konzentrieren und nun das. Seit drei Tagen, seit diesem merkwürdigen Geplänkel zwischen Fatima und Lilly, hatte Imogen ihre Nachbarin nicht mehr gesehen. Nicht einmal im Garten war sie aufgetaucht.
Normalerweise würde sich Imogen keine Gedanken über solche Dinge machen, schließlich ging es sie nichts an, was und wann ihre Nachbarin tat. Wäre da nicht dieses widersinnige Verhalten von Lilly und Fatimas absurde Erklärung gewesen.
Wieso setzten einem manche Leute einen Floh ins Ohr? Sie hatte nicht einmal im Entferntesten darüber nachgedacht, ob Lilly Interesse an ihr haben könnte. Nachdem Fatima diese Idee in die Welt posaunt hatte, suchte ihr Kopf nach Anhaltspunkten für diese Vermutung. Möglicherweise, und den Gedanken fand Imogen angenehmer, suchte ihr Verstand auch nach

Verhaltensweisen, die Fatimas Vermutung widerlegten. Lilly war verheiratet. Aus eigener Erfahrung wusste Imogen, dass das kein Hindernis war. Aber nicht jede war wie …
„Das fehlt jetzt auch noch“, murmelte Imogen und verdrehte genervt die Augen.
Ihr Kopf war doch keine Bar, in der sich alle versammeln konnten. Über zwei Frauen nachzudenken, verbrauchte bereits zu viele Kapazitäten. Sue musste draußen bleiben. Sie tauchte den Pinsel in die rote Farbe, wollte ihn gerade auf die Leinwand setzen, als es klingelte. Wer es auch immer sein mochte, sie war ihm für die Unterbrechung dankbar. Sie wischte den Pinsel an einem Lappen ab, zog das alte Hemd aus und war fast an der Tür, als es zum zweiten Mal klingelte.
„Bin schon da“, sagte Imogen, während sie dir Tür öffnete.
„Kirschen?“, fragte Lilly mit dem Blick eines Kindes, das Mist gebaut hatte.
„Gehst du Nachts auf Kirschen-Klau-Tour?“
„Du hast mich ertappt. Darf ich reinkommen oder störe ich?“
Imogen antwortete, indem sie beiseitetrat und mit dem Arm eine einladende Geste vollführte. Lilly folgte der Aufforderung mit einem dankbaren Lächeln und schritt den Flur entlang bis zur Küche.
„Soll ich sie in die Küche stellen? Gewaschen sind sie schon.“
„Stell sie ruhig auf den Tisch. Es ist übrigens sehr nett von dir, mir Vitamine vorbeizubringen. Erst Kuchen,

jetzt Obst, daran könnte ich mich gewöhnen. Ich neige nämlich dazu, den Einkauf zu vertrödeln. Dabei müsste man nach einigen Jahren des allein Lebens begriffen haben, dass sich der Kühlschrank nicht von *alleine* füllt."
„Mit Nettigkeit hat das nichts zu tun. Reiner Eigennutz", sagte Lilly und wandte sich zu Imogen um.
„Eigennutz?"
„Eine kleine Entschuldigung für mein - etwas merkwürdiges Verhalten."
„Hast du dich merkwürdig verhalten? Ist mir gar nicht aufgefallen", erwiderte Imogen schmunzelnd.
„Ich weiß wirklich nicht, was in mich gefahren ist. Wahrscheinlich …", Lilly brach ab und senkte den Blick.
„Ja?"
„Wir kennen uns noch nicht lang, ich weiß. Ich will auch nicht den Eindruck erwecken, als sei ich - anhänglich oder ein Stalker oder so. Es ist nur … Ich mag dich."
Imogen wusste nicht, was sie darauf erwidern sollte. Mögen war eine gute Sache. Würde man sich mit jemand treffen, freiwillig, wenn man ihn nicht mochte? Wohl kaum. Trotzdem fühlte es sich merkwürdig an, das so direkt zu hören. Abgesehen davon, befand sich Imogen nun in einer heiklen Situation. Sie mochte Lilly ebenfalls, aber sie war nicht der Typ, der diese Dinge aussprach. Es fiel ihr nicht schwer zu zeigen, was sie fühlte, sie konnte es nur nicht sagen.
„Es tut mir leid, wenn ich … Ich geh besser", sagte Lilly hektisch und wollte an Imogen vorbei, doch die hielt sie automatisch am Arm fest.
„Man sollte sich nie für seine Gefühle schämen und

schon gar nicht dafür, dass man sie ausgesprochen hat. Bitte bleib", sagte Imogen und blickte Lilly fest in die Augen.

Es ist mehr als mögen, schoss es Lilly durch den Kopf. Diese Sanftheit, ruhend in einer unglaublichen Stärke, hatte sie noch nie bei einem Menschen erlebt. Ein Kribbeln der unangenehmen Art zog durch ihren Körper. *Diese Gefühle sind unangebracht,* mahnte sie sich. Sie war eine verheiratete Frau und kein Teeny, der sich bei jeder erstbesten Gelegenheit in jemand anderen verliebte. Sie fühlte sich allein, nun hatte Imogen dieses Gefühl durchbrochen. Es war also albern, Freundschaft mit Verliebtheit zu verwechseln. Wahrscheinlich nur ein Anflug von Rührseligkeit, das hatte sie jeden Monat kurz vor ihren Tagen. Andere Frauen wurden aggressiv oder aßen Schokolade, sie wurde rührselig. So war es und nicht anders, entschied Lilly, die flüsternde Stimme unterdrückend, die ihr sagte, dass sie sich gerade belog.

„Alles in Ordnung?", fragte Imogen, nachdem Lilly schon seit einer Minute nur dastand und vor sich hinstarrte.

„Aber ja", entgegnete Lilly und eine leichte Röte zog über ihre Wangen.

„Ich mag dich als Freundin." Kaum hatte Lilly die Worte ausgesprochen, kam sie sich unglaublich dumm vor. Sie wusste nicht einmal, warum sie das gesagt hatte.

„Das ist schön. Würdest du mich als Schuhschrank mögen, müsste ich mir wohl Sorgen machen", sagte Imogen und verkniff sich ein Grinsen.

„Ich meine nur … Weil … Ich mag dich, kann man auch anders verstehen. Ich meine aber, dass ich dich als

Freundin mag." Mit jedem Wort schaffte es Lilly das Ganze noch schlimmer zu machen.

„Ich hoffe, du hast nicht diesen Irrglauben verinnerlicht, nachdem eine lesbische Frau auf alle Frauen steht, die ihr über den Weg laufen. Du verliebst dich ja auch nicht in jeden Mann, den du siehst. Oder?", erwiderte Imogen und konnte das Grinsen nun nicht mehr unterdrücken.

„Nein! Natürlich glaube ich das nicht", sagte Lilly entsetzt.

„Dann denkst du, ich gehöre zu den Menschen, die Freundlichkeit fehlinterpretieren? Man sagt zu ihnen Hallo und sie hören; willst du mich heiraten?"

„Ich wollte nur … Natürlich … Ich …"

Lillys Stimme brach, ihre Augen füllten sich mit Tränen und noch bevor sie den Kloß in ihrem Hals zurückdrängen konnte, fing sie an zu weinen. Imogen traute ihren Augen nicht. Leise schluchzend stand Lilly neben dem Küchentisch und Tränen kullerten ihre Wangen hinab. Das Herz zog sich in ihrem Brustkorb zusammen, eine Woge des Mitgefühls überkam sie. Noch bevor Imogen eine Entscheidung getroffen hatte, was zu tun war, stand sie bei Lilly und schloss sie in die Arme.

„Entschuldige bitte, ich wollte dich nur necken, aber sicher nicht verletzen."

Lilly vergrub ihr Gesicht zwischen Imogens Hals und Schulter. Ihre Arme hoben sich ein kleines Stück und umschlossen ihre Taille. Worte gingen im Schluchzen unter, während Imogen ihr tröstend über das Haar strich. Die Welt drehte sich weiter, die Zeit verließ nicht ihre gewohnte Bahn, doch schienen die beiden Frauen davon nicht berührt zu werden. Sie standen da, die eine weinend, die andere tröstend. Ob fünf Minuten oder fünf Stunden vergangen waren, hätte keine von beiden sagen können. Etwas Seltsames geschah in dieser Nicht-Zeit, wie es öfter geschieht, wenn man sich einem anderen Menschen öffnet. Ein Band knüpfte sich zwischen ihnen, von dem einen Herzen zum anderen. Es kam nicht oft vor, dass Imogen jemanden auf diese Art trösten konnte. Ihre Freunde kamen mit Problem zu ihr, allerdings zum Reden, nicht zum Weinen. Als ihr Vater gestorben war, hatte sie in den Armen ihres Bruders nach Trost gesucht. Sie war ein Mensch, bei dem man sich Rat holte, der zuhörte. Wollte man in den Arm genommen werden, dann ging man woanders hin. Sie hatte keine Probleme damit, andere zu berühren und die Menschen schienen sich in ihrer Nähe wohlzufühlen, trotzdem blieb stets eine gewisse Distanz. Freunde fielen ihr nicht einfach um den Hals oder schluchzten hemmungslos in ihrem Arm. Für Lilly gab es diese Distanz scheinbar nicht und das erfüllte Imogen mit tiefer Dankbarkeit und einer Spur Unsicherheit. Sie reagierte aus dem Bauch heraus, hätte sich ihr Verstand eingeschaltet, wäre sie ins Straucheln geraten. Hielt sie Lilly zu lange im Arm? Musste sie etwas sagen, oder war das die Phase des Schweigens? All diese Gedanken kamen zum Glück nicht auf, zu sehr genoss Imogen die Nähe und das Trösten.

Lilly weinte oft, jedoch nie in Beisein eines anderen Menschen. Sie war davon überzeugt, dass Freunde und Familie sie für schwach hielten. Tränen wären der Beweis, würden sie noch schwacher erscheinen lassen. Jetzt

weinte sie an der Schulter einer fast Fremden, der sie sich so verbunden fühlte, wie noch keinem anderen Menschen. Es war ihr egal, ob Imogen sie für schwach hielt, denn es lag kein Urteil in ihrer Umarmung. Wärme, Vertrauen und Geborgenheit. Das spürte Lilly, das gab ihr die Umarmung. Gefühle, die sie derartig intensiv noch nie zuvor empfunden hatte.
Welt und Zeit drangen wieder zu ihnen durch und Imogen schob Lilly sanft von sich weg. Liebend gern hätte sie noch eine Ewigkeit in der Umarmung verbracht, doch nun drang die Stimme des Verstandes zu ihr durch. Es war an der Zeit etwas zu sagen. Zudem durfte sie sich nicht in der Umarmung und den zärtlichen Gefühlen, die in ihr erwachten, verlieren. Mit dem Fuß zog sie den Küchenstuhl heran und lenkte Lilly in seine Richtung.
„Setz dich erstmal und dann erzähl mir, was los ist“, sagte Imogen, holte ihnen beiden etwas zu trinken und reichte Lilly ein Päckchen Taschentücher.
„Eigentlich ist gar nichts los“, sagte Lilly, nachdem sie sich die Nase geputzt und die Augen getrocknet hatte.
„Und uneigentlich?“
„Ich weiß es nicht. Bitte glaub mir, normalerweise breche ich nicht heulend in fremden Küchen zusammen.“
„Nur in deiner eigenen?“, fragte Imogen und bereute ihre Worte sogleich.
Lilly schwieg, dann kullerten erneut vereinzelt Tränen über ihre Wangen.
„Ja“, sagte sie mit überraschend fester Stimme.
„Habt ihr Eheprobleme?“
Was ist nur mit mir los? Es konnte doch nicht so schwer

sein, einfach mal den Mund zu halten. Sonst hatte Imogen ihre Worte auch unter Kontrolle. Nur wenn sie mit Lilly zusammen war, funktionierte ihr Fragen-stell-Kontrollsystem nicht mehr. *Bist du glücklich? Hast du Eheprobleme?* Das fragte man nicht. Jedenfalls nicht auf solch plumpe Weise.

Lilly verfiel in schweigendes Nachdenken. Spontan wollte sie *nein* sagen, spürte aber, dass es nicht der Wahrheit entsprach. Es war auch keine Lüge, es war irgendwas dazwischen.

„Ich weiß nicht, ob man das Eheprobleme nennen kann. Patrick betrügt mich nicht, jedenfalls nicht, soweit ich weiß. Er ist lieb, meckert nicht, nur …“, Lilly brach ab, dachte nach, blickte Imogen in die Augen und sagte, „ ich bin einsam. Ich bin unglücklich. Ich spreche öfter mit mir selbst als mit einem anderen Menschen. Das Schlimme an der Einsamkeit sind die Gedanken und Fragen, die ich nicht aus meinem Kopf bekomme. *Bist du glücklich? Ist das Leben, das du führst, das, was du willst?*“

„Sprich mit ihm. Such dir einen Job, engagier dich in Vereinen. Nicht jeder Mensch ist dafür gemacht zuhause zu bleiben. Es gibt Leute, die gehen in der Rolle der Hausfrau oder des Hausmanns auf. Andere bekommen Beklemmungen“, sagte Imogen, legte ihre Hand auf Lillys und drückte sie ermutigend.

„Ich darf mich eigentlich nicht beschweren. Ich habe es gut. Ein tolles Haus, ein Mann, keine finanziellen Sorgen. Das sind keine Selbstverständlichkeiten. Ich komme mir mies dabei vor, unglücklich zu sein. Dankbarkeit sollte ich empfinden und nicht rumheulen.“

„Dankbarkeit zu empfinden, finde ich eine sinnvolle Sache, weil man dadurch schätzt, was man hat. Aber Besitz schützt nicht vor Unzufriedenheit und durch Dankbarkeit kannst du das Glücklichsein nicht herbeizwingen. Es gibt keine allgemeingültige Formel, nach der alle Menschen glücklich werden. Wir sind alle völlig unterschiedlich. Mich macht es glücklich, wenn ich die Gemälde der alten Meister bewundern kann. Mein Bruder findet das total langweilig. Anstatt dir deine Gefühle zu verbieten, hör ihnen zu. Such das, was dich glücklich macht."
„Ich habe nie darüber nachgedacht, ob mich das, was ich tue glücklich machen könnte. Schule, Abitur, Studium. Ich habe es getan, weil man es tut. Nicht ein Mal kam die Frage in mir auf, ob es mich glücklich macht. Ich bin einfach den Weg gegangen, den man geht. Aber jetzt macht er mir Angst. Ich fühle mich verloren, einsam, als wäre ich fehl am Platz", wieder brach Lillys Stimme und ihre Augen füllten sich erneut mit Tränen, doch nicht nur ihre. Imogen spürte das Kribbeln in ihrer Nase, die Wärme in ihrem Gesicht und die Feuchtigkeit in ihren Augen. Sie wusste nur zu gut, wie es sich anfühlte, wenn man versuchte Erwartungen zu erfüllen. Sie waren ein enges Korsett, das sich mit jedem Fehlschlag enger zusammenzog, bis man kurz vor dem Ersticken stand. Lillys Worte erinnerten sie daran, dass sie seit einigen Jahren selbst bemüht war, den Weg möglichst gerade entlang zu gehen. Es reichte ihr zufrieden zu sein. Das war angenehmer, ruhiger, nichts so verzehrend. Sie versuchte weder himmelhochjauchzend noch zu Tode

betrübt zu sein. Keine extremen Gefühle, egal welcher Natur.
„Du fängst jetzt aber nicht an zu weinen, oder? Dann muss ich nämlich aufhören zu weinen und dich trösten und im Trösten bin ich furchtbar schlecht“, sagte Lilly. Das Kribbeln in ihrer Nase ließ nach, ihre Mundwinkel zogen sich leicht nach oben und plötzlich musste Imogen lachen. Trübe Gedanken und Weinen halfen nicht dabei sich besser zu fühlen. Lachen und eine skurrile Idee schon. Nur wenige Augenblicke später stimmte auch Lilly mit ein. Noch immer lachend stand Imogen auf, holte eine Schüssel unter der Spüle hervor und schnappte sich die Kirschen.
„Weißt du, was wir jetzt machen?! Wir gehen in den Garten und vergnügen uns mit Kirschkernweitspucken.“
„Kirschkernweitspucken?“
„Kennst du das nicht? Das habe ich früher immer gegen meinen Bruder gespielt. Wir stellen die Schüssel fünf Schritte von uns weit weg. Essen die Kirschen und versuchen mittels Spuck-Kraft die Schüssel zu treffen.“
„Das klingt – gut.“

Gefühle

Seit fünf Minuten stand Imogen vor ihrem Schreibtisch und starrte auf die Unterlagen. Sie hatte etwas heraussuchen wollen. Einen Lieferschein, doch aus irgendeinem irrwitzigen Grund hatte sie der Blick auf die Papiere an Lilly erinnert. Eigentlich hatten die Papiere damit nichts zu tun. Lilly schwirrte seit Tagen ständig durch ihre Gedanken. Sie war unglücklich gewesen, ihre Tränen Ausdruck einer Verzweiflung, die von Gefangenschaft sprach. Es gab Gefängnisse, die man sich selbst schuf. Die Gitterstäbe bestanden aus Angst, Entmutigung oder -wie in Lillys Fall- Erwartungen. Zu gerne hätte Imogen ihr geholfen, doch wenn sie eines gelernt hatte im Umgang mit Menschen, dann, dass man sich nicht in ihr Leben einmischen sollte. Menschen taten, was sie taten, wenn sie dazu bereit waren und nicht, weil sie einen guten Rat bekommen hatten. Ratschläge waren immer eine heikle Angelegenheit. Gut gemeint, oft hilfreich und die Unterschrift auf einem Haftbefehl. Ging etwas schief oder entsprach das Resultat doch nicht den Vorstellungen des Ratsuchenden, dann bekam man ganz schnell die Schuld dafür zugeschoben.

Sie riecht wie der Frühling. Zarte Blumen, deren Essenz in

einem hübschen Flakon ruhte. Sie konnte es vor sich sehen, wie Lilly das Parfum auf ihre Handgelenke träufelte, sie aneinander rieb und sanft gegen ihren Hals drückte. Ein verzücktes Lächeln umspielte Imogens Lippen.
„Oh nein, dass wirst du nicht“, ermahnte sie sich schockiert.
„Was wirst du nicht?“, fragte Fatima.
Erschrocken fuhr Imogen herum und räumte dabei die Hälfte ihres Schreibtisches ab.
Ertappt! Schien es über ihrem Kopf in Leuchtbuchstaben zu stehen. Dabei hatte sie überhaupt nichts getan, bei dem sie sich erwischt hätte fühlen müssen. Außer an Lilly und ihren bezaubernden Duft zu denken und zwar in einer Weise, die über Freundschaft hinausging.
„Ich werde doch wohl den Lieferschein nicht verlegt haben“, sagte sie und sammelte hektisch die Papiere zusammen.
„Ein Rahmen ist beschädigt und nun brauche ich diesen verdammten Lieferschein, der sich scheinbar tarnen kann.“
„Alles okay mit dir?“, fragte Fatima und half Imogen beim Aufsammeln.
„Ja, alles bestens, warum fragst du?“
„Weil du normalerweise nicht solche Ausdrücke wie *Verdammt* benutzt. Ich dachte, das Landleben wirkt beruhigend“, erklärte Fatima und blickte Imogen herausfordernd an.
„Auch das Landleben schützt nicht vor schlechter Laune.“

„Diese schlechte Laune hat nicht zufällig etwas mit deiner Nachbarin zu tun?!“
Wieso tat Fatima das? Sie hatte ihr doch überhaupt erst den Floh ins Ohr gesetzt und ließ ihn mit ihren Fragen immer größer werden.
„Nein, hat es nicht. Damit das ein für alle Mal klar ist; Lilly ist verheiratet, ich habe kein Interesse an ihr und sie nicht an mir. Wir sind Freunde.“
„Und aus Freundschaft ist noch nie mehr geworden?“, fragte Fatima und trat einen kleinen Schritt näher an Imogen heran.
„Nicht in diesem Fall!“
„In anderen schon?“
„Natürlich kommt es vor, dass sich aus einer Freundschaft mehr entwickelt, allerdings halte ich nicht viel davon. Mir persönlich sind Freundschaften zu wertvoll für solche Experimente. Denn, wenn daraus mehr wird und es schief geht, dann hat man nicht nur einen Partner, sondern auch einen Freund verloren.“
Imogen war sich nicht sicher, warum sie eine so ausführliche und resolute Erklärung abgegeben hatte, doch schien es ihr notwendig. In Fatimas Blick lag etwas, das Imogen das Gefühl gab, ein Hase vor einer Schlange zu sein. Das Gespräch ging in eine Richtung, die ihr nicht gefiel und sie hatte nicht vor, es noch unangenehmer werden zu lassen.
„Wolltest du etwas Bestimmtes?“, fragte Imogen und setzte sich hinter ihren Schreibtisch.
Wut stieg in Fatima auf. Wut auf sich und auf Imogen. Sie hatte den falschen Moment für eine Annährung gesucht,

war zu plump vorgegangen. Doch, wie konnte Imogen nur dermaßen abweisend und unsensibel reagieren. Bevor sie aufs Land und in den Dunstkreis dieser Lilly gezogen war, hatte sie nie auf diese Weise reagiert.
Verständnisvoll!
Jeder, der Imogen kannte beschrieb sie mit diesem Wort. Doch, was war sie jetzt?
Distanziert!
„Der Künstler ist da und nicht sonderlich zufrieden“, sagte Fatima.
„Gut, dann komme ich sofort.“
Fatima drehte sich auf dem Absatz um, war schon fast zur Tür hinaus, als Imogen sie zurückhielt.
„Entschuldige bitte. Ich war etwas schroff.“
„Schon gut“, sagte Fatima und spürte, wie die Wut verschwand. Es war einfach der falsche Zeitpunkt gewesen. Sie konnte warten.

Kirschkernweitspucken. Lilly grinste und schüttelte unmerklich den Kopf. So viel Spaß hatte sie ewig nicht gehabt. Sie hatte sich unbeschwert und frei gefühlt. Kein Druck, keine Erwartungen, nur Spaß an der Handlung.
„Alles in Ordnung Kleines?“, fragte Patrick, bevor er sich ein weiteres Stück von seinem Steak abschnitt.
Seit gut 2-3 Minuten hatte sie keinen Bissen mehr von ihrem Teller angerührt. Versonnen hatte Lilly vor sich hingestarrt und an Imogen gedacht.
Ich habe nicht an Imogen gedacht, ich habe an die Kirschkerne gedacht, log sie sich selbst an. Dieses Kinderspiel war wie ein Wegweiser, wie eine Erinnerung. Längst vergessene

Gefühle kamen hoch und zeigten ihr, was sie unglücklich machte. Sie lebte, wie sie glaubte, leben zu müssen. Als erwachsener Mensch hat man zu sein, wie Patrick und sie, aber das war nicht, was sie glücklich machte, was sie wollte.
Imogen hatte ihr geraten mit Patrick zu reden, war jetzt der richtige Moment dafür? Wenn er schon fragte, ob alles in Ordnung sei, dann konnte sie das Thema auch aufgreifen. Wenn sie schwieg, würde sich nie etwas ändern, aber es musste sich etwas verändern, immerhin wusste sie nicht einmal, ob Zitronenpudding noch seine Lieblingsnachspeise war.
„Irgendwie nicht."
„Ist was passiert?"
„Nein. Oder irgendwie doch?"
„Dir ist bewusst, dass du in Rätseln sprichst Kleines?", fragte er und lächelte nachsichtig, was Lilly ärgerte. Bildete sie sich das nur ein oder behandelte er sie immer öfter wie ein Kind? Vielleicht lag es an seiner Position. Ihr waren einige Leute in leitenden Positionen begegnet, die solch eine Attitüde an den Tag legten. Möglicherweise handelte es sich dabei um eine Art Familienoberhaupt-Komplex. *Ich leite das Ganze, damit bin ich das Oberhaupt und alle anderen meine Kinder, die ich mit Weisheit führen muss.* Vielleicht bildete sie es sich auch nur ein, spiegelten sich in diesem Gefühl ihre eigenen Minderwertigkeitskomplexe.
„Sagst du mir jetzt, was los ist?"
„Das ist nicht leicht für mich", sagte Lilly und dachte einen Moment nach.

„Mir ist bewusst geworden, dass ich nicht … Ich weiß, dass klingt irgendwie undankbar, was ich aber nicht bin. Uns geht es gut und dafür bin ich sehr dankbar. Es ist nur … Ich bin nicht zufrieden. Die Einsamkeit und … Es ist schwer das Problem zu benennen."
„Ich verstehe", sagte er und lächelte.
„Ja? Wirklich?", fragte sie erstaunt.
„Du möchtest mit einem Kind nicht mehr warten. Das verstehe ich. Aber wir haben uns doch geeinigt, dass es besser ist, wenn wir bis Ende des Jahres warten."
„Ein Kind?", fragte sie entsetzt.
„Alle deine Freundinnen haben bereits ein Kind. Du fühlst dich einsam. Ich verstehe, dass du die Babyuhr ticken hörst."
„Babyuhr? Was glaubst du, wie alt ich bin? Bis zu meinen Wechseljahren habe ich noch ein paar Tage."
„So meinte ich das nicht", sagte Patrick beschwichtigend.
„Warum sagst du mir nicht, ich soll die Vorhänge erneuern und zum Friseur gehen. Das machen doch Ehefrauen, wenn sie unzufrieden sind", blaffte Lilly ihn an.
„Mir ist nicht klar, warum du dich jetzt aufregst. Ich wollte dir nur sagen, dass ich dich verstehe."
„Dumm nur, dass du überhaupt nichts verstehst. Ich will kein Kind, nur weil meine Freundinnen eins haben. Ein Kind ist doch kein Spielzeug, das man einer anderen neidet und deswegen auch unbedingt eins haben muss. Ich bin unglücklich und daran ändert ein Kind auch nichts", sagte sie, stand auf, nahm ihren Teller und ging.
Das hatte ja wunderbar funktioniert. Für was hielt Patrick

sie denn? Ein Baby? Seine Lösung war ein Baby? Sie mochte Kinder, doch wäre es im Moment nur eine weitere vorgegebene Verpflichtung, von der sie nicht einmal wusste, ob sie sie wirklich tragen konnte oder wollte. Man lernte, heiratete und bekam ein oder zwei Kinder. Das konnte nicht richtig sein. Ein Kind bekommen, nur weil es dazugehörte, weil man halt Kinder bekam, wenn man sie bekommen konnte.
Nein! So nicht. Zumindest für ein neues Leben würde sie sich aus den richtigen Gründen entscheiden und nicht, weil es ein vorgegebener Weg war. Das konnte sie einem Kind nicht antun.
Wütend über Patrick, sich selbst und Imogen, weil sie ihr den Rat gegeben hatte, räumte sie die Geschirrspülmaschine ein.
„Warum bist du schlecht drauf?“, fragte Patrick und stellte Teller und Glas auf der Spülmaschine ab.
„Ich versuche dir zu erklären, dass ich unglücklich bin und du kommst mit einem Baby. Du hast mich nicht einmal ausreden lassen.“
„Ich wollte dir nur helfen.“
„Helfen?“, fragte sie und drehte sich mit dem Teller in der Hand zu ihm um.
„Es geht dir gut, es geht uns gut. Wir haben alles, was wir brauchen. Da ist nur eine Sache die wir nicht haben. Noch nicht, also kann auch nur das die Ursache für deine – Unzufriedenheit sein.“
„Du kannst doch nicht wirklich so borniert sein. Wie wäre es, wenn du dir erst anhörst, was ich zu sagen habe, bevor du dir eine Meinung bildest, die überhaupt nichts

mit mir zu tun hat. Vielleicht bin ich ja unglücklich, weil ich in diesem verdammten Haus festsitze, anstatt jeden Tag zur Arbeit zu gehen“, schrie sie ihn an.
„Du musst wirklich nicht schreien, ich verstehe dich auch in normaler Lautstärke recht gut. Wenn du unbedingt wieder arbeiten gehen willst, dann tu es. Ich würde dich nie davon abhalten. Wenn es das ist, was du brauchst, um glücklich zu sein, um dich zu verwirklichen.“
Kaum hatte Patrick den Satz beendet, drang ein kurzer knurrender Schrei aus Lillys Kehle und dann schmiss sie den Teller mit voller Wucht auf den Boden. Fassungslos blickte Patrick von den Scherben zu Lilly und wieder auf die Scherben. Sie hatten sich schon öfter gestritten, aber noch nie war dabei etwas zu Bruch gegangen.
„Was ist nur in dich gefahren?“, fragte er und schüttelte verständnislos den Kopf.
Lilly öffnete den Mund, wollte etwas sagen, entschied sich dagegen und stampfte an ihm vorbei.

Imogen konnte gut von dem Verkauf ihrer Bilder leben und der Job in der Galerie gab ihr ein Gefühl der finanziellen Absicherung. Einige ihrer Bilder waren nach Amerika und Japan verkauft worden, trotzdem war sie kein Star der weltweiten Künstlerszene. Sie fragte sich ernsthaft, ob es an ihrem Mangel an Divahaftigkeit lag. Zumindest hoffte sie, dass sie sich nicht wie eine Diva aufführte, wenn es um ihre Werke ging. Die Ausstellung, die in der Galerie vorbereitet wurde, zeigte Werke eines Stars der Künstlerszene und er war die größte Diva, die sie je erlebt hatte. Es war sehr viel unkomplizierter

unbekannte Künstler auszustellen. Die waren noch dankbar für ihre Chance und bestanden nicht darauf, dass die Wände neu gestrichen werden müssten. Sie hatte schon einiges erlebt, aber das war selbst für sie neu.
Das Weiß der Wände entzieht meinen Bildern die Energie!
Und mir entzieht dieser Unsinn die Energie, wäre ihr beinahe herausgerutscht. Sie bereute, dass es ihr nicht rausgerutscht war, vielleicht hätte sie dann nicht eine Stunde rumdiskutieren müssen.
Vergangen, dachte sich Imogen, stieg aus und schloss das Auto ab. Aus dem Augenwinkel bemerkte sie eine Bewegung und blickte automatisch in die Richtung.
„Lilly?", fragte sie mehr sich als die Person, die mit schnellen Schritten auf sie zukam. Es war bereits nach halb zehn. Die Straßenlaternen strahlten in ihrem Orangefarbenen Licht und der Abend wurde von Minute zu Minute dunkler. Eine ungewöhnliche Zeit zum Joggen oder Spazierengehen. Lilly trug jedoch weder Jogging-Klamotten noch rannte sie. Für einen Spaziergang waren ihre Schritte wiederum zu schnell. Einkaufstüten schlenkerten nicht um ihre Beine, ein eiliger Einkauf konnte demnach ebenfalls ausgeschlossen werden.
„So spät noch unterwegs?", fragte Imogen, während sie Lilly entgegenging.
Lillys Blick verfinsterte sich bei der Frage. Stumm schritt sie weiter auf Imogen zu, blieb kurz vor ihr abrupt stehen und verschränkte die Arme vor der Brust.
„Danke für deinen tollen Rat!"
„Rat? Was für ein Rat?", fragte Imogen verwirrt.
„Du hast mir geraten, mit Patrick zu sprechen. Das habe

ich getan und das Ergebnis ist ein kaputter Teller.“ Waren denn heute alle verrückt geworden? Erst Wände, jetzt Teller, was kam als Nächstes, Waschmaschinen?
„Ich habe dir überhaupt keinen Rat gegeben. Ich habe nur geäußert, was man im Allgemeinen tut, wenn man unzufrieden ist. Man versucht an der Situation etwas zu ändern, zum Beispiel indem man mit demjenigen spricht, den es auch betrifft“, Imogens Antwort fiel ein bisschen harscher aus, als sie gewollt hatte. Es war spät, die Arbeit hatte genervt und sie wollte nichts anderes, als sich bei irgendeinem stumpfsinnigen Film zu entspannen.
Kampflustig setzte Lilly zu einer Antwort an, blickte Imogen in die Augen und ließ plötzlich die Schultern hängen. Ihre Wut war verschwunden, einfach verraucht, an ihrer statt kam eine kalte, bedrückende Leere auf.
Imogen konnte sehen, dass eine Veränderung mit Lilly vor sich ging, die sie traurig stimmte. Sanft legte sie ihre Hand auf Lillys Schulter und fragte leise: „Möchtest du auf einen Tee zu mir reinkommen?“
Lilly blickte auf die Hand, die auf ihrer Schulter ruhte und Tränen stiegen ihr in die Augen. Diese kleine simple Berührung war voller Wärme und tat so unglaublich gut.
Als Lilly nicht antwortete, führte Imogen sie zu ihrem Haus, durch den Flur in die Küche. Jacke und Tasche warf Imogen unachtsam über die Lehne eines Küchenstuhls, dann füllte sie den Wasserkocher, nahm zwei Teebeutel und drehte sich zu Lilly um.
„Kräuter oder Früchtetee?“, fragte sie und streckte zur Untermalung ihrer Frage erst den einen Teebeutel nach vorn, dann den anderen.

Lilly schmiss sich in Imogens Arme, sodass diese einen Augenblick ins Straucheln geriet. Schluchzend presste sie ihr Gesicht an Imogens Brust, die zögernd die Arme schloss und sie fest an sich drückte. Ein merkwürdiges Kribbeln durchströmte Imogen, ihr Herz beschleunigte seinen Schlag. Ganz automatisch senke sich ihr Kopf, berührte mit ihrer Nasenspitze Lillys Haare.
Vanille! Ihr Haar duftete nach Vanille. Es brach ihr das Herz, dass Lilly so fürchterlich weinte, doch gleichzeitig genoss sie es, diesen warmen, bebenden Körper fest in den Armen halten zu dürfen.
Nein, schrie ihr Verstand und Imogen reagierte augenblicklich. Sanft aber bestimmt schob sie Lilly von sich weg und platzierte sie auf einem Stuhl. Sie ging vor ihr in die Hocke und blickte sie fragend an.
„Ihr habt euch gestritten?"
„Ja."
„So schlimm, dass ein Teller kaputt gegangen ist?"
„Ja."
Ein zärtliches Lächeln zeichnete sich auf Imogens Lippen und in ihren Augen ab. Lilly konnte nicht anders und musste es erwidern, wenn auch nur sehr zaghaft und leicht verzerrt. Bei ihrer ersten Begegnung war Lilly gleich die ungewöhnliche Kombination von blonden Haaren und braunen Augen aufgefallen. Imogens Augen waren groß und dunkel und man hatte keine Chance sich nicht in ihnen zu verlieren. Diese Frau war einfach schön, selbst nach einem eindeutig langen Tag und den Spuren von Müdigkeit auf dem Gesicht. Schön und warmherzig, mit einem wunderbaren Humor und einen

messerscharfen Verstand. Lilly wollte nichts lieber als sie küssen.
Still blickten sich beide in die Augen. Die Luft vibrierte, beide konnten genau spüren, was der andere dachte und wollte. Ohne sich wirklich zu bewegen, nährten sich ihre Gesichter einander an. Jeder Wimpernschlag schien in Zeitlupe abzulaufen. Nur noch wenige Zentimeter und ihre Lippen würden sich berühren, das Wissen um diese Tatsache ließ Lillys Herz rasen.
Es schellte. Das Schellen sprengte den Zauber und Imogen stand so schnell auf, dass ihr für einen Augenblick schwindelig wurde.
„Ich schau mal …“, sagte Imogen und deutete Richtung Tür.
Lilly nickte und stand auf, auch wenn sie nicht wusste, warum.
„Entschuldige die späte Störung, aber ist meine Frau bei dir?“
Jetzt war es an Imogen zu nicken. Wenngleich nichts geschehen war, fühlte sie sich ertappt. Sie wollte Lilly küssen, das konnte sie nicht abstreiten. Dankbarkeit keimte in ihr auf. Nicht nur, dass Patrick im richtigen Augenblick geschellt hatte, seine Worte riefen ihr auch ins Gedächtnis, was sie Fatima immer wieder vorkaute.
Lilly ist verheiratet.
Imogen trat einen Schritt beiseite und wies in Richtung Küche, doch bevor Patrick der Aufforderung nachkommen konnte, erschien Lilly im Flur.
„Es ist schon spät, kommst du mit nach Hause?“, fragte er mit sanfter Stimme, als wolle er vermeiden, dass sich

Lilly wieder aufregte.
„Ich komme, geh' schon mal vor", erwiderte Lilly.
„Gut, dann wünsche ich noch eine gute Nacht", sagte er an Imogen gerichtet und ging.
Einen kurzen Moment regte sich keine der Frauen, dann schritt Lilly auf Imogen zu, blieb vor ihr stehen und sah sie an. Verlegenheit erfüllte den Raum zwischen ihnen und es grenzte an einer Meisterleistung, dass beide den Blickkontakt hielten und keine hilfesuchend zu Boden starrte. Dabei wünschte sich Imogen sehnlichst, der Boden möge sich auftun und sie verschlingen. Sie wusste nicht, was sie sagen sollte, wie auch, schließlich wusste sie nicht einmal, was sie denken sollte.
„Danke!", durchbrach Lilly die Stille, beugte sich vor und gab Imogen einen Kuss auf die Wange.
Bemüht nicht den Eindruck zu erwecken, sie sei auf der Flucht, zwang sich Lilly möglichst langsam zu gehen. Es fiel ihr schwer, vor allem, weil sie das Zittern ihrer Knie bei einem schnellen Gang nicht so intensiv wahrgenommen hätte. Ihre Gefühle fuhren Achterbahn, ihr Herz raste und das Letzte, was sie wollte, war nach Hause zu gehen.
„Ist alles wieder okay, Kleines?", fragte Patrick, der vor der Haustür auf sie gewartet hatte.
„Ja. Alles ist okay."
„Ist unsere Diskussion vergessen?"
Für dich scheinbar schon, dachte sie, doch als Antwort nickte sie nur und ließ sich von ihm in den Arm nehmen.
„Aber eins will ich dir sagen. Ich verstehe, wenn du Luft schnappen musst, doch bitte nicht, wenn es schon spät

ist.“
„Ich war ja nur bei Imogen.“ Sie sprach die Worte und spürte das Verlangen auch in dem Moment bei Imogen zu sein.

Selbst-Lüge

Imogen fiel es unglaublich schwer, aber sie musste dem Künstler Recht geben, das Weiß hatte die Farben geschwächt. Die Wände zu streichen, hatte sie kategorisch abgelehnt, stattdessen konnte sie ihn davon überzeugen, dass dunkler Stoff denselben Zweck erfüllen würde. Und er tat es. Die Farben traten viel intensiver hervor. Das Blau schien besonders stark zu leuchten. Es sollte den Himmel symbolisieren, auch wenn er sich in der unteren linken Ecke befand. Ein strahlendes Sommerhimmel-Blau, ebenso intensiv und schön wie Lillys Augen. Ihre Augen strahlten vor Lebendigkeit und Lebenslust. Wusste Lilly das? Konnte sie spüren, welche Kraft in ihrer Seele wohnte, dass man sie in ihren Augen sah? Oder war es eben jene Lebenslust, die sie unglücklich machte, weil sie sie nicht ausleben konnte?
„Lächelst du so verzückt, wegen dem Bild?“, riss Tim sie aus ihren Gedanken.
„Ich persönlich finde, dass es nicht eines seiner besten Arbeiten ist. Aber bei dem Aufstand, den unsere Diva veranstaltet hat, gehe ich davon aus, dass das nur meine Meinung ist.“
„Du bist und bleibst eben ein Kunstbanause“, sagte

Imogen und grinste.
Tim seufzte, zuckte mit den Achseln und stimmte ihr zu.
„Das stimmt. Ich arbeite nur wegen des Prestiges hier. Und wegen den Gratis-Getränke bei der Vernissage. Gut, vielleicht stehe ich auch ein kleines Bisschen auf Künstler, aber wer tut das nicht."
„Das ist wunderbar, dann kannst du dich ja voller Eifer auf unsere Diva stürzen, die gerade angeschwebt kommt. Ich muss nämlich dringend irgendwohin, wo er nicht ist."
„Geht nur Holde Maid, ich nehme mich des Untiers an."
„Theatergruppe?"
„Jeden Dienstag und Mittwoch."
Imogen nickte und lächelte Tim dankbar an, während sie zu ihrem Büro ging. Bei aller Liebe zur Kunst, noch mehr Rumgezetter ertrug sie jetzt nicht. Der gestrige Auftritt des Künstlers hatte ihr gereicht. Sie war viel zu angespannt, um ruhig zu bleiben, wenn ihr jemand auf die Nerven ging.
Sie schloss die Tür hinter sich und fast im selben Augenblick überkam sie ein Gefühl, als hätte sie beim Treppensteigen eine Stufe verfehlt. Als würde die Achterbahn vom höchsten Punkt in die Tiefe rasen. Die Erinnerung an den Beinahe-Kuss, die sie plötzlich überfiel, hatte dieses Gefühl des freien Falls ausgelöst. Egal, wie sie es drehte, welche Ausreden sie versuchte zu finden, Tatsache blieb, sie hätte Lilly geküsst. Es konnte nicht angehen, dass sie wirklich derartig dumm war. Nach Sue überhaupt wieder an eine Beziehung zu denken, grenzte bereits an ein Wunder. Sich abermals in eine verheiratete Frau zu verlieben, war jedoch schlichtweg

dämlich. Imogen wusste, was das bedeutete, wie es sich anfühlte. Die Geliebte zu sein, brachte nur Schmerz und Tränen. Solch eine Beziehung, wenn man sie denn so nennen wollte, bestand aus warten, hoffen und enttäuscht werden. Mal abgesehen von dem schlechten Gewissen, mit dem man sich rumplagte. Eine Beziehung zu zerstören, hatte nie in ihrer Absicht gestanden. Gleichzeitig hatte sie sich nichts sehnlicher gewünscht, als mit Sue zusammen sein zu können.
„Reiß dich zusammen!", sagte sie energisch, stellte sich besonders gerade hin und straffte die Schultern.
Es war nichts geschehen und sie würde es auch nicht zulassen. Zudem gab es da ja noch Lilly. Sie war durcheinander, angegriffen gewesen, hatte sich vom Moment verführen lassen. Wahrscheinlich tüftelte Lilly bereits einen Plan aus, wie sie Imogen aus dem Weg gehen konnte. Alles war gut, es gab keinen Grund, sich Gedanken zu machen und wenn sie dieses Mantra oft genug aufsagte, würde sie vielleicht sogar daran glauben.

Geradezu zaghaft prasselte der Regen gegen das Fenster. Lilly mochte den Regen. Sie hatte das Gefühl, sich unter ihm verstecken zu können. Zugegeben, es war ein sehr nasses Versteckt, aber ein Versteck. Das graue Wetter bot einem die Möglichkeit zuhause zu bleiben, sich in einer Ecke zu verkriechen. Das hätte sie nur zu gern getan, doch stattdessen stand sie vor dem Bügelbrett und legte Wäsche zusammen, während ihr Blick immer wieder zum Fenster wanderte.
Lilly fand nicht den Hauch eines schlechten Gewissens

unter ihren Gefühlen. Was ihr wiederum ein schlechtes Gewissen bescherte. Man konnte argumentieren, dass man kein schlechtes Gewissen haben musste, wenn überhaupt nichts vorgefallen war. Körperlich war nichts passiert. Dafür gingen ihre Gefühle mit ihr durch. Es gab keine Stunde, in der sie nicht an Imogen dachte, in der sie den verpassten Kuss nicht bereute. Sie verstand sich selbst nicht mehr. Sie liebte Patrick, wieso schmachtete sie dann nach einem Kuss, den es nie gegeben hatte.
Ich liebe Patrick, das stimmt doch?, fragte sie sich und spürte Unsicherheit aufsteigen.
Das war absurd, natürlich liebte sie ihn. Sie liebte es mit ihm … Krampfhaft suchte sie nach Dingen, die sie gerne mit ihm zusammen unternahm, oder tat. Der Sex war gut. Seine Gegenwart war sehr angenehm. Sie unternahmen einiges, wenn er Zeit dafür hatte. Doch keine dieser Unternehmungen liebte sie. Beim Tennis flog der Ball immer ins Aus. Golf war langweilig. Die Weinverkostungen waren lecker, aber die geschwollenen Reden konnte sie nicht leiden.
Lillys Herz beschleunigte sich ein Wenig, ihre Hand krallte sich um die Socken, die sie immer noch nicht zusammengerollt hatte. Unruhe strömte durch ihre Gedanken. Krampfhaft suchte sie nach etwas, einer Kleinigkeit, die sie in Liebe mit Patrick verband.
Es hatte einen Grund gegeben, warum sie sich in ihn verliebt hatte. Dieser Grund musste noch existieren.
Ich habe mich in ihn verliebt, weil er charmant und nett war. Er ist attraktiv mit seinem vollen hellbraunem Haar und seinen grünen Augen. Das war es? Ich habe mich in ihn verliebt, weil er hübsch

und nett ist? Oh ja, und weil wir so wunderbar zusammenpassen. Sie hatten sich über Freunde kennengelernt und von der ersten Minute ihres Zusammenseins hörten sie nur noch diesen einen Satz; *Ihr seid das perfekte Paar.*

Äußerlich waren sie also das perfekte Paar, doch ihre Interessen gingen weit auseinander. Mit einer Ausnahme, beide waren ihren Weg gegangen. Den Weg, den jeder erwartet hatte.

Nur weil man keine Gemeinsamkeiten besaß, musste es nicht an Liebe mangeln. Gegensätze zogen sich an. Dumm nur, dass Gleich und Gleich sich gern gesellte. Vielleicht war sie nicht der Typ für große Gefühle und Leidenschaft. Eine stabile, sichere Beziehung, das war ihr Ding.

Du lügst dich selbst an, erklang wieder diese hinterlistige Stimme in ihrem Ohr. Vielleicht war es *das*, was sie wollte, sich selbst belügen. Was war die Alternative? Sich eingestehen, dass man den Menschen an seiner Seite nicht liebte? Alles aufzugeben und von vorn anzufangen, obwohl man nicht einmal wusste, wo dieses Vorn war? Lilly wollte sich belügen. Sie wollte sich in Tagträumen verlieren oder in Erinnerungen flüchten.

Erinnerungen!

Lilly legte die Socken weg und ging in ihr kleines Reich. Zögerlich griff sie nach der Kiste, öffnete sie und suchte einen bestimmten Brief heraus. Es war einer der wenigen, die in einem Umschlag steckten. Sie öffnete ihn, zog den Brief heraus und mit ihm stieg ein ganz leichter Duft nach Parfum auf. Joanna hatte ihn damals mit ihrem Parfum beträufelt.

„Wenn ich nicht bei dir bin, leg den Brief auf dein Kissen und schließ die Augen, dann ist es fast, als wäre ich da“, hatte sie ihr bei der geheimen Übergabe gesagt und Lilly war dem Rat mehr als einmal gefolgt.

Hallo, du wunderbares Geschöpf, das ich nicht mehr aus meinen Gedanken bekomme.

Wie geht es dir? Mir geht es ... Ich weiß es nicht. Gut. Schlecht. Wenn ich an dich denke, fühle ich mich, als hätte ich einen Schwips. Doch du bist nicht bei mir und das macht mich traurig.
Ich hätte nie gedacht, dass unsere Gespräche so intensiv werden könnten. Das stimmt nicht. In meinen Gedanken waren sie schon intensiv. Ich hätte nur nicht gedacht, dass sie es auch in Echt werden. Ich habe es keine Sekunde bereut, nicht währenddessen und nicht danach. Warum hast du immer wieder gesagt, ich würde es bereuen? Hast du so wenig Vertrauen zu mir und meiner Urteilskraft? Oder wolltest du mir damit sagen, dass du es bereust? Bereust du unser Gespräch?
Kaum hab ich die Frage gestellt, möchte ich sie durchstreichen. Würde das etwas bringen? Du könntest sie trotzdem lesen, nicht wahr? Auch wenn ich einen Edding benutze?

Jetzt ist die Katze aus dem Sack und ich will mir keine Kratzer einfangen beim Versuch, sie wieder reinzustecken. Ich hoffe, DU bereust es nicht. Dafür war das Gespräch zu schön. Trotzdem musst du es mir sagen. Ich habe schon ein paar Gespräche geführt, die nichts verändert haben. Es waren nur nette Gespräche auf einer Party, danach drehte sich die Welt weiter. Solltest du es also bereuen, dann legen wir es als nettes Party-Gespräch ab und gut. Das würde mir schwerfallen, aber ich würde es hinbekommen. Ich will nämlich nicht, dass du aus meinem Leben verschwindest, dafür bist du mir viel zu wichtig.

Ich muss jetzt los, meine Mutter schreit bereits nach mir und das ist kein gutes Zeichen.

Deine sehnsüchtig auf eine Antwort wartende Joanna.

Seufzend roch Lilly an dem Brief und legte ihn dann wieder zu den anderen. Vielleicht war sie nicht mehr der Typ für große Gefühle und Leidenschaft, aber sie war es mal gewesen, vor Urzeiten. Herzklopfen, feuchte Hände, nervöses Kichern, all das kannte sie. Dieser Brief war Erlösung, Freude und Sehnsucht gewesen.
Gespräch!
Das war ihr Synonym für Kuss. Nur für den Fall, dass der

Brief in die falschen Hände geriet.
Es war nicht bei dem einen intensiven Gespräch geblieben, sie hatten viele Gespräche geführt. Heimlich. Es schüttelte Lilly, wenn sie bedachte, wo sie überall rumgeknutscht hatten. Abstellkammern, Keller, Toiletten. Es war wirklich praktisch, dass Frauen das Zusammen-Auf-Toilette-Gehen erfunden hatten. Niemand schöpfte Verdacht, wenn sich zwei Mädchen gemeinsam die Nase pudern gingen. Händchenhalten, sich in den Arm nehmen, eine zärtliche Berührung, all das durften Mädchen und keinem kam es komisch vor. Nur sie beide wussten, dass hinter all diesen Gesten mehr steckte, als freundschaftliche Zuneigung. Es war Liebe gewesen. Wilde, verrückte Liebe, mit großen Gefühlen.
Lilly schloss die Augen und genoss das Kribbeln der Erinnerung. Sie hatte sich unglaublich lebendig gefühlt, voller Energie. Jeder gestohlene Moment, heimliche Kuss und zärtlich verfasste Brief hatte die Welt stillstehen lassen. Für einen Augenblick oder eine Stunde waren alle Sorgen vergessen. Es gab keine Noten, keine Eltern, keine Streitereien, nur Joanna und sie.
Ich bin der Typ für große Gefühle und ich will sie wiederhaben, dachte Lilly und traf eine Entscheidung.

Nein

Es schellte und Imogen überlegte ernsthaft, ob sie die Klingel nicht abstellen sollte. Sie konnte das Vorhaben, sich von einem Film berieseln zu lassen, einstampfen. Möglicherweise lebten das Vorhaben und die Klingel in einer Art Koexistenz.
Etwas entnervt öffnete sie die Tür und erstarrte einen Augenblick. Mit allem hatte sie gerechnet, jedoch nicht mit Lilly.
„Hallo“, sagte Imogen.
„Hallo. Ich habe mich gefragt und jetzt frage ich dich, ob du schon etwas gegessen hast?“
„Nicht wirklich. Ich wollte mir nur ein paar Schnittchen machen.“
„Kommst du dann rüber? Ich habe wieder für eine ganze Armee gekocht“, sagte Lilly lächelnd.
Imogen schwieg. Sie schwieg so lange, bis ihr bewusst wurde, dass sie sich der Grenze zum Unangenehmen näherte. Sie musste etwas sagen, sich eine Ausrede einfallen lassen, doch ihr Verstand streikte.
„Gern.“
Am liebsten hätte sich Imogen die Hand vor den Kopf

geschlagen. Das war das komplette Gegenteil von einer Ausreden oder einer Absage. Von ihrem Gehirn zu ihrem Mund musste das Nein verloren gegangen sein, stattdessen hatte ein einsames *Gern* auf ihren Stimmbändern herumgelungert und war die Kehle heraufgekrochen, anders konnte sie sich diesen Fauxpas nicht erklären.

„Kommst du direkt mit oder soll ich vorgehen?"

„Ich komme mit."

Imogen gab es auf, sich zu verstehen. Richtig wäre gewesen; *Ich komme nach*. Dann hätte sie genügend Zeit gehabt, in Ruhe nach einer Ausrede zu suchen. Stattdessen nahm sie den Hausschlüssel aus der Schale neben der Tür und folgte Lilly. Schweigend liefen sie nebeneinander her und beide wussten, dass eine dritte Person zwischen ihnen stand. *Das Unausgesprochene*. Ihr Verhältnis hatte sich verändert, es wäre beinahe zu einem Kuss gekommen. Imogen sah Lilly an und lächelte verlegen, als diese ihren Blick erwiderte. Sie wollte etwas sagen, das Thema ansprechen, die Straße war dafür allerdings nicht der richtige Ort. Ein gemeinsames Essen eignete sich dafür besser. Imogen nickte unmerklich, stimmte ihren eigenen Gedanken zu. Die Einladung war ein Vorwand, um in Ruhe über das Thema zu reden und deswegen hatte sie auch zugesagt.

Der gedeckte Tisch, dekoriert mit Blumen und Kerzen machte einen anderen Eindruck und Imogen verspürte den Drang, direkt wieder umzukehren.

„Setz dich, ich hol den Wein. Du möchtest doch Wein?"

„Ja", sagte Imogen und ergänzte in Gedanken, *am besten in*

1 Liter Gläsern.
Lilly hatte sich schon ein paar Mal ziemlich merkwürdig verhalten, aber das war gruselig. Sie benahm sich wie eine Stepford-Frau, es fehlten nur die Perlenkette und das Petticoat-Kleid.
„Lilly? Geht es dir gut? Ich meine, weil …“, Imogen verstummte, denn sie wusste nicht, wie sie den Satz weiterführen sollte.
„Alles bestens. Warum?“, fragte Lilly und blieb mit der Weinflasche in der Hand neben Imogen stehen.
Dieses Essen würde verdammt unangenehm werden, wenn Lilly sich weiterhin dermaßen merkwürdig verhielt. Imogen musste das Thema ansprechen.
„Ich denke, wir sollten über das reden, was gestern passiert ist. Besser gesagt über das, was nicht passiert ist.“
Beruhigt stellte Imogen fest, dass ihr Verstand wieder funktionierte und ganze Sätze produzierte.
Lilly stellte die Weinflasche ab, trat zu Imogen und blickte ihr tief in die Augen. Imogens Herz begann zu rasen und Zweifel in Bezug auf ihre Selbstbeherrschung stiegen auf. Ein zärtliches Lächeln umspielte Lillys Lippen, dann beugte sie sich vor. Weich und zart presste sich ihr Mund gegen Imogens. Es war, wie der erste Schluck kühlen Wassers nach einem Marathon. Beide hatten sich danach gesehnt, es herbeigewünscht. Dieser Kuss war so süß, so verzaubernd wie der Gesang einer Sirene.
Imogen wusste nicht, woher sie die Kraft nahm, was sie aus dem Zauber riss, doch sie zog ihren Kopf zurück und stand ziemlich ungelenk auf. Mit starkem Herzklopfen sah sie Lilly, die sich ebenfalls erhoben hatte, an. Gefühle

der Zerrissenheit brandeten in ihrer Seele auf. Sie hätte nicht mitgehen sollen. Sie hätte es nicht so weit kommen lassen dürfen, schließlich wusste sie es besser.
„Wir … Ich kann das nicht!“, sagte Imogen.
„Warum? Du magst mich doch oder? Gestern, da hatte ich den Eindruck, dass es genau das ist, was du willst. Liegt es an mir, meinem Aussehen? Findest du mich nicht attraktiv?“, fragte Lilly und sah Imogen herausfordernd an.
„Ich mag dich nicht nur. Besser jeden Wissens habe ich mich in dich verliebt. Ob ich dich attraktiv finde? Ich träume von dir. Du bist in meinen Gedanken. Dich nicht zu berühren, nicht zu küssen, fordert übermenschliche Anstrengungen von mir.“
„Was ist es dann?“
„Was es dann ist? Du machst dich über mich lustig. Denkst du …“, Imogen brach ab, senkte den Blick und atmete tief durch. Es lag ihr fern Lilly zu verletzen, oder sich selbst, was sie tun würde, wenn sie ihre Gedanken aussprechen würde. Sie kannte diese Frauen nur zu gut, die meinten, Lesben wären nichts weiter als ein aufregendes Spielzeug. Weder wollte sie Lilly unterstellen, dass sie zu diesen Frauen gehörte, noch wollte sie sich selbst als Spielzeug bezeichnen.
„Du bist verheiratet. Wie sehr ich mich auch nach dir sehne, ich bin mir zu wichtig, um ein kleines Geheimnis zu sein.“ Geheimnis hatte sie es genannt, anstatt Spielzeug, trotzdem war der Gedanke, den sie nicht hatte aussprechen wollen, durchgeklungen.
„Ich kann nicht glauben, was du da sagst. Denkst du

etwa, ich sei nur eine gelangweilte Hausfrau, die ein Abenteuer sucht? Hältst du mich dafür?"
Streit war nie etwas gewesen, das Imogen gesucht hatte. Streit brachte Tränen, Verletzungen und einen schalen Nachgeschmack, sonst nichts. Sie hatte bereits viel zu viel gesagt, also drehte sie sich um und wollte gehen, doch Lilly griff nach ihrem Arm.
„Ist es das? Denkst du so über mich?"
„Vielleicht!"
„Wie kannst du nur! Ich dachte, du würdest …"
„Ich würde was? Dich kennen? Lilly, wie soll ich dich nach so kurzer Zeit kennen? Soll ich dir sagen, was ich von dir weiß?! Du bist verheiratet und unglücklich. Ich werde mich nicht noch einmal auf etwas einlassen, das keine Zukunft hat. Meine Ex-Beziehung ist genau daran gescheitert. Damals war ich dumm und egoistisch und habe mich auf eine heimliche Beziehung eingelassen. Ich war das Abenteuer, der Ausstieg aus dem Alltag, die Abwechslung. Dumm nur, dass ich nicht der Ausstieg, sondern der Alltag sein wollte. Jetzt frage ich dich, bist du in mich verliebt oder bin ich nur eine spannende kleine Abwechslung?"
Verstört blickte Lilly Imogen an, doch ohne etwas zu sagen. Das Schweigen dauerte nur einen Moment, für Imogen fühlte es sich wie Stunden an. Das Nicht-Gesagte reichte ihr als Antwort. Sie machte sich los und eilte aus dem Zimmer, in den Flur. Mit Mühe konnte sie ihre Tränen zurückhalten, während sie die Eingangstür aufriss und fast in Patrick hineinstolperte.
„Oh. Hallo. Du willst schon gehen?", stammelte er.

Imogen fühlte sich erwischt, ertappt, dem Richter vorgeführt. Trotz dieses lähmenden Gefühls war ein Teil ihres Verstandes noch fähig zu arbeiten und Worte zu senden, auch wenn diese nur sehr schlecht artikuliert hervorkamen. Allerdings waren dafür ihre belegten Stimmbänder verantwortlich und weniger ihr Verstand.
„Wichtiger Anruf! Entschuldigung“, und damit eilte sie an Patrick vorbei. Nur mit größter Mühe konnte sie sich davon abhalten sofort loszurennen.
Entgeistert sah Patrick Imogen hinterher, dann schloss er die Tür und folgte dem leckeren Geruch von gebratenem Fleisch und frischem Gemüse. Lilly erledigte ihre Arbeiten immer ordentlich, doch im Kochen war sie richtig gut. Ihre Kochkünste reichten fast an die Gaumenfreuden des Le Petit heran.
„Was war denn mit unserer Nachbarin los? Von was für einem Anruf hat sie gesprochen?“, fragte Patrick und musterte erstaunt den prächtig gedeckten Tisch.
Habe ich irgendein Jubiläum vergessen?
Das konnte eigentlich nicht sein, schließlich hatte er dafür eine App, die ihn frühzeitig warnte. Er hatte noch keinen einzigen Geburtstag oder Jahrestag vergessen und es war ihm schleierhaft, warum andere Männer damit solche Probleme hatten. Dabei war es wirklich nicht schwer. Termin notieren und dann beim Floristen anrufen, um einen schönen Strauß Blumen zu bestellen.
Wenn es keinen festlichen Anlass für Blumen und Kerzen gab, musste es einen anderen Grund geben. Patrick überlegte kurz und kam dann zu dem Schluss, dass sich Lilly damit für den Streit entschuldigen wollte. Das war

sehr lieb von ihr, aber sie hatte doch gewusst, dass er heute keine Zeit dafür haben würde. Er war zu dem Junggesellenabschied eines Arbeitskollegen eingeladen, den er nicht absagen konnte und eigentlich auch nicht wollte. Er verbrachte gerne Zeit mit seiner Frau, nur manchmal brauchte er ein bisschen Freiraum, wollte er für sich sein, seinen Spaß haben. Zudem hatte sich Lilly in letzter Zeit sehr verändert und diese Veränderung gefiel ihm nicht. Trotzdem wusste er die Geste zu schätzen und natürlich die Mühe, die sich Lilly gegeben hatte.

„Irgendwas Familiäres", antwortete Lilly und unterdrückte ihre Tränen. Sie war froh, darin geübt zu sein, vor anderen nicht zu weinen, vor allem nicht vor Patrick.

„Oh, ich hoffe, es ist nichts Ernstes. Das Essen riecht übrigens hervorragend. Aber Kleines, hast du vergessen, dass ich heute zu Marcus Junggesellenabschied eingeladen bin? Ich würde ja gern mit dir den Abend verbringen, wirklich, doch ich kann nicht absagen."

Entgeistert blickte Lilly zu Patrick herüber. Sie hatte nicht für *ihn* gekocht. Sie hatte nicht einmal damit gerechnet, dass er nach Hause kommen würde. Natürlich hatte sie damit nicht gerechnet, weil er ihr genau das gesagt hatte. Er würde sich im Büro umziehen und direkt mit den Jungs losziehen. Erst jetzt wurde ihr bewusst, was das bedeutete. Wäre alles genauso verlaufen, wie sie es sich gedacht, sich gewünscht hatte, wäre sie in flagranti erwischt worden. Die Einsicht hätte ihr Angst machen müssen oder ihr zeigen, wie dumm sie gewesen war, doch

sie konnte nur an eines denken, sie hatte Imogen verletzt.
„Du bist nicht sauer, oder?“, fragte Patrick und riss Lilly aus ihren Gedanken.
„Nein.“
„Du bist die Beste und ich verspreche dir, wir holen das nach, aber dann lade ich dich ins Le Petit ein.“
„Okay“, sagte sie und rührte sich nicht, als Patrick sie in den Arm nahm.
Er gab ihr einen flüchtigen Kuss auf den Mund, strahlte sie an und ging nach oben. Auf der Treppe blieb er noch einmal stehen und überlegte kurz.
„Vielleicht solltest du später noch einmal bei unserer Nachbarin vorbeischauen. Sicher braucht sie jemanden zum Reden. Bei mir wird es eh spät, du weißt ja, wie das ist. Aber keine Sorge, wir gehen nicht in eine Striptease-Bar.“
Gut zu wissen, dachte Imogen und blies die Kerzen aus.

Geheimnis

Das Telefon lag neben Imogen auf dem Kissen. Sie hatte es ganz automatisch mit nach oben genommen. Weinend hatte sie die Nummer ihrer Eltern gewählt, wieder aufgelegt und noch heftiger geweint. Mit ihrem Vater hatte sie über alles reden können. Manchmal waren seine Ratschläge merkwürdig gewesen, doch immer hilfreich. *„Beiß in eine Zitrone!"*, war sein wohlgemeinter Rat gewesen, als sie sich schrecklich über Sue aufgeregt hatte. Sie verstand bis heute nicht, warum es geholfen hatte. Nach dem Biss in die Zitrone war die Wut weggewesen. Wahrscheinlich, weil sie nach der Säureattacke in einen Lachanfall hinübergeglitten war.
Er hatte ihr zugehört, sie getröstet und aufgemuntert. Nun war er weg und es gab niemanden den sie anrufen konnte. Gekonnt hätte sie schon, nur wollte sie nicht. Fatima hätte ihr mit Sicherheit zugehört, doch zu welchem Preis. Genugtuung!
Imogen wusste selbst, wie dumm und ignorant sie gewesen war, sie wollte es nicht auch noch von jemand anderen vorgehalten bekommen.
Was war denn nur los mit ihr? War sie eine Art Magnet für verheiratete Frauen? Sie kannte einige Frauen in der

Szene, die es darauf anlegten Heteros rumzubekommen. Dieses alberne Aufputschen des eigenen Egos war nie ihr Ding gewesen. Es war Imogen nie um Eroberung, Macht oder Spielchen gegangen, sondern immer nur um Liebe. Sie verliebte sich in eine Person und das war es.
Sie berührte ihre Lippen und die Erinnerung an den Kuss stieg mit wohligen Schauern in ihr auf. Er hatte nicht nach Abenteuer geschmeckt, sondern nach Zuneigung und Hingabe. Aber das war albern und gefährlich. Sie durfte sich nicht in solchen Gedanken verlieren. Es war ein Ausrutscher gewesen. Mehr nicht. Es durfte nicht mehr sein, aus moralischen Gründen und um ihrer Selbstwillen. Nachdem der Schmerz über das Ende ihrer Ex-Beziehung nachgelassen hatte und sie wieder einigermaßen klar denken konnte, hatte sie sich versprochen, nie mehr derartig ignorant ihrer Selbstachtung gegenüber zu sein.
Mit einem Ruck setzte sie sich auf, überlegte kurz und stieg dann aus dem Bett. Sie war viel zu unruhig, um so früh schon zu schlafen. Vielleicht war jetzt die richtige Zeit, um sich vom Fernseher stumpf berieseln zu lassen. Gefühlte 100 Mal war Imogen zwischen Küche, Bad, Schlafzimmer und Wohnzimmer hin und her gelaufen. Trinken, Decke, piepsendes Telefon, ihr war gar nicht bewusst gewesen, wie viele Dinge man brauchte, um es sich vor dem Fernseher gemütlich zu machen und vor allem, wie schlecht ihr Gedächtnis arbeitete. Nun hatte sie es geschafft, mit einem Glas in der Hand betrat sie das Wohnzimmer und erschrak. Beinahe hätte das Glas Bekanntschaft mit dem Boden gemacht. Vor der

Terrassentür stand eine Gestalt und spähte ins Haus. Erst als sie sich bewegte, erkannte Imogen Lilly. Es war die Erleichterung darüber, keinen Serienmörder vor der Tür stehen zu haben, die Imogen dazu brachte, Lilly sofort hereinzulassen.

„Bin ich froh, dass du es bist. Ich dachte schon, es wäre eine Axt schwingende Kreatur aus einem Horrorfilm."

„Es tut mir leid, ich wollte dich nicht erschrecken. Es war nur … Ich war im Garten und habe bei dir Licht gesehen und dann haben sich meine Füße irgendwie selbstständig gemacht."

„Jetzt weißt du zumindest, was für eine furchteinflößende Person du sein kannst."

„Das weiß ich schon seit einigen Stunden. Imogen es tut mir unglaublich leid. Ich wollte dich nicht verletzten, nicht wütend machen. Es war dumm von mir. Du hast mich vom ersten Moment unserer Begegnung völlig durcheinander gebracht. Wenn ich mit dir zusammen bin, dann ist alles so anders, *ich* bin anders. Vielleicht bin ich dann merkwürdig, aufgedreht und verhuscht, doch ich fühle mich gut dabei, ich fühle mich lebendig. Du bist herzlich, amüsant und wunderschön."

Imogens Augen füllten sich mit Tränen, ihr Herz stolperte zwischen den einzelnen Schlägen. Lillys Worte berührten und verführten sie. Ihr Verstand wurde von ihrem Herzen auf Stumm geschaltet. Sie bewegte sich auf Lilly zu, doch merkte sie davon nichts. War sie gelaufen oder geschwebt? Was spielte das für eine Rolle, wichtig war nur, dicht vor ihr zu stehen, die Hand auf ihre Wange zu legen, um sie zu berühren. Lilly schloss die Augen, genoss die Berührung. Alle Schuldgefühle waren verflogen, die Zeit existierte nur noch als Gegenwart. Imogens Hand wanderte zu Lillys Nacken und dann spürte sie den Hauch eines Kusses. Imogens Lippen berührten kaum die ihren. Es war mehr ein zärtliches Streicheln als ein Kuss. Lilly öffnete leicht den Mund und Imogen tat es ihr gleich. Ihre Zungenspitzen berührten sich, ein Kribbeln der Leidenschaft durchzog beide Körper und die Zartheit verfiel. Imogen zog Lilly an sich. Ihre Zungen spielten nicht mehr miteinander sie umschlungen sich. Hände wanderten, griffen in Haare. Der Kuss nahm an Intensität zu, raubte ihnen den Atem. Äonen verstrichen im Bruchteil eines Augenblicks und dann lösten sie sich voneinander. Beide standen da, sahen sich an, schweigend und mit der Hoffnung dieser Traum würde nie vorübergehen.

Es ist kein Traum, also sag etwas, flüsterte Imogens Verstand.

„Und was machen wir jetzt?“, durchbrach Imogen das Schweigen.

„Ich wüsste da schon etwas, was wir jetzt machen könnten, aber ich bezweifle, dass du das gemeint hast.“

„Lilly das war … Du weißt, was es war. Trotzdem bleibt die Tatsache bestehen, dass du verheiratet bist und ich keine Affäre mit dir anfangen werde.“

„Wenn ich …“

„Nein! Sag es erst gar nicht. Möglicherweise macht ihr gerade eine schwierige Phase durch, das kommt vor in einer Beziehung. Deswegen wirft man nicht alles hin“, unterbrach Imogen Lilly.

Das Lächeln verschwand von Lillys Gesicht, sie senkte den Blick und starrte auf ihre Schuhe. Sollte sie Imogen sagen, dass sie Patrick nicht mehr liebte, vielleicht sogar nie richtig geliebt hatte? Aber genau das sagten Menschen, die eine Affäre anfingen. *Mein Partner versteht mich nicht. Wir lieben uns nicht mehr, sind nur noch wegen den Kindern zusammen. Ich liebe nur dich, glaub mir, ich brauche nur noch ein bisschen Zeit, um alles zu regeln.*
Sie würde sich selbst auch nicht glauben, zu abgenutzt waren diese Worte. Und doch entsprachen sie der Wahrheit. Sie hatte sich in Imogen verliebt und was sie für sie empfand, ging weit über die Gefühle für Patrick hinaus.
„Lilly, ich kann das nicht noch einmal durchmachen. Die Schuldgefühle, die Sehnsucht und der Hass. Das zerfrisst einen. Stück für Stück hatte ich mich in jemanden verwandelt, den ich nicht einmal mehr leiden konnte. Ich habe Sue hinterher spioniert. Ich war dankbar für jede Berührung, jedes Lächeln, jedes nette Wort. Wenn dich jemand liebt, sollte es dich freuen, dich verzücken, wenn er bei dir ist und dich küsst. Wenn du Dankbarkeit dafür empfindest, läuft etwas schief, denn damit degradierst du dich. Du empfindest Dankbarkeit, weil du dich für nicht wertvoll genug erachtest, um geliebt und begehrt zu werden. Denn warum, sollte sie sonst bei ihrem Mann bleiben, wenn sie ihn überhaupt nicht mehr liebt. Was für ein furchtbarer Mensch muss man sein, wenn dir jemand sagt, dass er dich liebt, aber trotzdem nicht mit dir zusammen sein will, es gerade einmal 2-3 Stunden zwei Mal die Woche mit dir aushält?!“

Imogens Stimme brach, sie drehte sich um und setzte sich auf die Couch. Ihre Augen schwammen in Tränen, sie blinzelte und die Tränen kullerten ihre Wangen hinab. Lilly eilte zu ihr, setzte sich neben sie und legt ihr tröstend den Arm um die Schulter.

„Ich bin nicht wie diese Sue“, sagte sie und bereute es auf der Stelle. Sie hatte Imogen gewarnt, sie war miserabel im Trösten.

Imogen löste sich aus der Umarmung und blickte Lilly zweifelnd an.

„Vielleicht bist du noch viel schlimmer. Du backst Kuchen, kochst und zündest Kerzen an. Damit gaukelst du mir das vor, nach dem ich mich so sehr sehne, Alltag mit einer geliebten Person. Sue hat mich nur mit Sex abhängig gemacht. Du versuchst es mit Essen“, sagte Imogen und ein zaghaftes Lächeln huschte über ihre Lippen.

„Ich kann dich auch mit Sex abhängig machen!“, erwiderte Lilly trotzig.

„Wir haben uns geküsst und es war unbeschreiblich schön, dabei sollten wir es belassen. Ich weiß, dass es schwer ist und uns wahrscheinlich nicht gelingen wird, aber wir sollten zurückkehren zur Ebene der Freundschaft.“

„Ist das wirklich dein Ernst?“

Imogen schwieg. Es war ihr ernst damit, auch wenn es ihr das Herz brach. Sie mussten es beenden, bevor es richtig anfing und bevor es noch schmerzhafter werden würde. Vielleicht waren sie jetzt verliebt ineinander, doch was, wenn aus der Verliebtheit Liebe wurde? Sie konnte das

nicht noch einmal durchstehen.
„Ja. Dieser Kuss ist unser Geheimnis, aber ich bin nicht bereit ebenfalls eines zu werden."
Lilly wollte etwas Bedeutendes sagen, Imogen umstimmen, doch womit?
Ich verlasse meinen Mann?!
Würde sie das wirklich tun? Sie kannten sich überhaupt nicht und nur weil man ineinander verliebt war, bedeutete das noch lange nicht, dass man auch zusammenpasste. Sie durfte nicht so egoistisch sein und alle Menschen um sich herum vor den Kopf stoßen, allein aus einer Laune heraus.
„Ich will dich nicht mehr missen. Wir müssen das mit der Freundschaft hinbekommen", sagte Lilly und ergriff Imogens Hand.
„Das werden wir", erwiderte Imogen und hoffte inständig, ihre Worte mögen der Wahrheit entsprechen.

Einladungen

Imogen nahm die Einladung zur Vernissage vom Tisch, ging zwei Schritte Richtung Terrassentür, kehrte um und legte sie wieder hin. Dieses lustige Spiel spielte sie bereits seit einer Viertelstunde. Sie wusste, wie albern das war, aber es wollte ihr nicht gelingen, die imaginäre Grenze zum Garten zu überschreiten. Dabei wusste sie nicht einmal, ob Lilly in ihrem Garten war, was bedeutete, dass sie die Einladung möglicherweise überhaupt nicht abgeben konnte.
Seit ihrer Übereinkunft war es merkwürdig zwischen ihnen und Imogen befürchtete, dass das zu einem Großteil ihrem Verhalten geschuldet war. Ein Gespräch kam ihr nur schwer über die Lippen und sie hielt sich recht kurz. Nicht, dass sie Lilly absichtlich aus dem Weg ging, aber sie suchte auch nicht ihre Nähe. Wenn sie Lilly sah, musste sie unwillkürlich an den Kuss denken und ihr Herz beschleunigte seinen Schlag. Stand sie dicht bei ihr, konnte sie es nicht vermeiden, Lillys Duft einzuatmen und sich in ihm zu verlieren. Ihre Gedanken drehten sich um Lillys zarte Haut, ihre wundervollen blauen Augen und wie es sein musste, diesen lieblichen Körper zu spüren. Kein Wunder, dass sie bei all diesen Gedanken

und Gefühlen kein anständiges Gespräch zu Stande bekam. Ständig war sie damit beschäftigt auf ihre Worte, Gesten und ihre Mimik zu achten. Immerhin war sie es gewesen, die zurück zur Freundschaftsebene kehren wollte, da durfte sie sich nicht verhalten wie ein liebestoller Teenager.
Was sie noch mehr aus der Fasson brachte als ihre eigenen aufgewühlten Gefühle, war Lillys Verhalten. Imogen konnte keinen Unterschied zu der Zeit vor dem Beinahe-Kuss erkennen. Lilly plapperte, lächelte, verhielt sich ihr gegenüber völlig unbefangen.
War die Verliebtheit so schnell verflogen oder besaß sie eine dermaßen große Selbstbeherrschung?
An Lillys Verhalten gab es nichts auszusetzen, sie verhielt sich so, wie sie es abgemacht hatten, wie Imogen es gefordert hatte. Das Problem lag eindeutig bei ihr und deswegen lag die Einladung auf dem Tisch. Damit wollte sie Lilly zeigen, wie wichtig ihr die Freundschaft war. Die Bedeutung ging darüber hinaus, denn nicht nur Lilly war zu der Vernissage eingeladen, sondern auch ihr Mann.
Ihr seid ein Paar und das respektiere ich und ich komme gut damit klar, stand zwischen den Zeilen der Einladung. Imogen fragte sich, ob Lilly diese Botschaft auch verstehen würde. War sie überhaupt notwendig?
Egal, was man hinein interpretierte, es war eine nette Geste.
Der Gedanke gab ihr Mut und endlich überschritt sie, mit der Einladung in der Hand, die unsichtbare Barriere zum Garten. Ein winziger Teil von ihr hatte von dem Mut nichts abbekommen und hoffte, dass Lilly nicht im

Garten war.
Imogen blickte über den weißen Zaun und entdeckte sofort Lilly. Sie stand da, mit dem Rücken zum Zaun und starrte etwas an.
„He Lilly, was beobachtest du da?"
Aus ihren Gedanken gerissen, drehte sie sich um und lächelte, als sie Imogen erblickte.
„Hallo. Ich überlege, wo ein guter Platz für eine Kräuterschnecke sein könnte."
„Ich dachte immer, man sollte versuchen die Schnecken von den Kräutern fernzuhalten", sagte Imogen und grinste.
„Du weißt doch sicher, was ich meine. Kräuter werden spiralförmig gepflanzt. Das Ganze wird mit Steinen begrenzt. Bis jetzt wachsen meine Kräuter alle in Töpfen vor sich hin. Das ist zwar praktisch, aber wenn man schon einen Garten hat, dann sollte man ihn auch nutzen. Außerdem finde ich eine Kräuterschnecke wirklich schön."
„Wo liegt das Problem?"
„Ich muss einen Platz finden, der sowohl sonnig, als auch schattig ist. Manche Kräuter brauchen viel Licht, andere mögen es lieber schattig. Aber genug von meinen Kräutern, magst du auf einen Kaffee rüber kommen?"
„Lieb von dir, aber ich habe keine Zeit, ich muss noch mal in die Galerie. Apropos Galerie, ich habe hier etwas für dich."
Imogen trat dicht an den Zaun und streckte Lilly die Einladung entgegen. Lilly blickte auf den weißen Umschlag und ihr Herz machte einen Hüpfer.

Ein Brief!
Sie atmete tief aus und mahnte sich, nicht kindisch zu werden. Mit Sicherheit würde Imogen ihr keine Briefe voller sehnsüchtiger Worte zustecken, so wie es einst Joanna getan hatte. Mit bedächtigen Schritten näherte sie sich dem Zaun, streckte die Hand nach dem Umschlag aus und wunderte sich, dass sie nicht zitterte. Ihr Herz klopfte immer noch wie wild und durch ihre Adern floss pure Aufregung. Es kostete sie viel Selbstbeherrschung, ihre Enttäuschung nicht zu zeigen, als sie den Umschlag öffnete und die Einladung überflog. Sie und ihr Mann wurden zur Vernissage eingeladen. Dass es kein Liebesbrief war, hätte sie sich eigentlich denken können, aber, dass auch noch Patrick erwähnt wurde, versetzte ihr einen Stich.
Freundschaftsebene!
Deutlicher hätte es Imogen nicht einmal mit direkten Worten ausdrücken können. Sie waren *nur* Freunde. Imogen sah sich wohl genötigt auf diese Tatsache explizit hinzuweisen. Demnach musste sie es gemerkt haben. Dabei hatte sich Lilly wirklich bemüht, keine verräterischen Gefühle nach außen dringen zu lassen. Wahrscheinlich war es wieder einmal ihr Plappern gewesen, das alles verraten hatte. Wenn sie in Imogens Gegenwart nervös wurde, begann sie unkontrolliert zu plappern. Umso stärker sie darauf achtete, ihre Gefühle nicht zu zeigen, umso mehr redete sie, anscheinend in der irrwitzigen Hoffnung, bei der Flut von Worten würden manche nicht auffallen. Nur auf diese Weise war es ihrem Bewusstsein möglich, die verräterischen Geständnisse des

Unterbewussten zu verstecken. Sie hatte sich nur auf die Freundschaftssache eingelassen, weil sie Imogen nicht verlieren wollte, doch das änderte nichts an ihren Gefühlen. Im Gegenteil, sie wurden von Tag zu Tag stärker. Manchmal fürchtete sie, dass die Sehnsucht, Imogen zu berühren, sie zu küssen, in ihre Arme zu sinken, von Stunde zu Stunde zunahm.
Es war eindeutig, Imogen hatte dieses auffällige Verhalten bemerkt und sich dazu entschlossen Lilly durch die Blume daran zu erinnern, dass sie nur Freunde waren. Besser, als durch die Einladung, konnte sie es gar nicht sagen. Eine Einladung für sie und ihren Mann.
„Wie lieb von dir. Wir werden auf jeden Fall kommen. Das hoffe ich zumindest. Also ich hoffe, dass Patrick nicht wieder von seiner Arbeit eingespannt wird. Nicht einmal die Wochenenden sind noch sicher."
„Es würde mich freuen, euch dort zu sehen", sagte Imogen und zwang sich zu einem Lächeln.
Lilly hatte die Botschaft verstanden, das war gut, leider fühlte es sich für Imogen überhaupt nicht gut an.
Sie würde ohne ihn nicht kommen!
Es war für Imogen überdeutlich, was Lilly ihr durch die Blume versuchte zu sagen. Es gab sie nur noch im Doppelpack. Sollte ihr Mann arbeiten müssen, dann würde auch sie nicht erscheinen.
Imogen hatte es geahnt, sie war nichts weiter gewesen als eine nette kleine Abwechslung. Wenn sie sich viel Mühe gab, dann konnte sie es vielleicht als Kompliment empfinden, irgendwann.
Jetzt hör aber auf, rief sie sich zur Raison. Sie wollte Lilly

zeigen, dass sie ihre Ehe respektierte und Lilly hatte wie erwartet reagiert, alles lief demnach bestens.
„Ich muss mich für die Arbeit fertig machen. Wenn ihr kommen könnt, dann sag mir doch bitte Bescheid."
„Aber natürlich."
Ein wenig verlegen hob Imogen zum Abschied die Hand und wandte sich dann von Lilly ab, die ihr selbst noch hinterherstarrte, als sie längst im Haus verschwunden war.

Lilly hätte Kopfschmerzen vortäuschen können und sie fragte sich zum hundertsten Mal, warum sie es nicht getan hatte. Bis jetzt hatte sie immer die perfekte Frau an Patricks Seite gespielt, doch sie spürte, dass sie das nicht mehr konnte. Ein Abend mit seinen Arbeitskollegen war stets eine Herausforderung. Lilly achtete auf ihre Worte. Nicht zu viel, nichts Dummes sagen. Die Mimik immer schön fröhlich halten und an den richtigen Stellen lächeln. Geradestehen, nicht mit den Händen rumfuchteln und einen aufmerksamen Eindruck machen. Das war kein Spaß, das war Druck, Stress und Anspannung.
Warum um Himmelswillen habe ich zugesagt?
Patrick hatte die Einladung zur Vernissage gesehen, als sie aus dem Garten gekommen war und danach gefragt. Eigentlich hatte sie nicht vorgehabt, sie ihm zu zeigen, jedenfalls nicht sofort. Sie wollte sich erst darüber klarwerden, was sie davon hielt. Doch Patrick hatte für sie entschieden, was sie davon halten sollten. Er fand es überaus freundlich. Sie würden zur Vernissage gehen, wenn Lilly im Gegenzug mit zu der Gartenparty seines Chefs kam. Aufgrund dessen stand sie nun mit

Riemchenschuhen im mittlerweile feuchten Gras, in der Hand ein Glas Rotwein.

Hatte sie zugesagt, weil sie unbedingt zu der Vernissage wollte oder war das ihre Möglichkeit sich um Imogens Einladung zu drücken? Wenn sie mal nicht die perfekte Frau spielte, würde Patrick dann noch mit ihr zu der Ausstellung gehen?

So hinterlistig bin ich nicht, dachte Lilly und musste kichern. *Hinterlistig* war aber auch ein lustiges Wort, zumindest nach drei Gläsern Wein.

Einsam stand sie auf dem Rasen und blickte sich um. Der Garten verdiente eher die Bezeichnung Grünanlage oder parkähnlich. Es gab nicht nur einen Pool, Blumen- und Gemüsebeete, sondern auch große, mächtige Bäume. Eine Rotbuche hatte es Lilly besonders angetan. Die Äste waren ausladend, der Stamm mächtig und die Blätter sangen im Wind. Die meisten Gäste hatten sich um den Pool versammelt, was nur logisch war, denn dort gab es die Getränke. Lilly steuerte zielsicher im Zickzackkurs die Buche an. Sie stand weit genug entfernt von der fröhlichen Gesellschaft, damit Lilly vor ihr in Sicherheit war, aber nahe genug, um alles im Auge behalten zu können.

Als sie den Baum erreicht hatte, streckte sie ihre Hand aus und legte sie auf den Stamm. Er war warm, rau und fühlte sich echter an als jede Hand, die sie in den letzten zwei Stunden geschüttelt hatte. Lilly trat näher, drehte sich um und lehnte sich gegen den Stamm.

Ihr Blick glitt über die kleinen Grüppchen, die sich mittlerweile gebildet hatten. Die meisten kannte sie.

Direkt neben dem Pool stand Marcus mit seiner Verlobten, die scheinbar ihren Ring präsentierte, oder ihren neuen Nagellack. Was es auch war, die Sekretärin des Chefs schien entzückt.
Lillys Blick wanderte weiter und sie fragte sich, wie viele von den Anwesenden eine Affäre miteinander hatten? Oder war sie hier die einzige Person, die dazu bereit gewesen war, solch eine Sünde zu begehen?
Patrick stand in einer kleinen gemischten Gruppe, die sich um einen Stehtisch zusammengefunden hatte. Er schien aufmerksam zuzuhören und an den richtigen Stellen zu lachen. Demnach musste der kleine, runde Mann, der die Gruppe mit irgendwelchen Anekdoten unterhielt, wichtig sein. Oder er war wirklich witzig. Sie wusste es nicht, da sie den Mann noch nie zuvor gesehen hatte. Die anderen beiden aufmerksamen Zuhörer kannte sie hingegen nur zu gut. Die kleine, zierliche Frau zu Patricks rechten war Stephanie und die blonde Grazie zu seiner Linken Jasmine.
Jasmine!
Wenn man mit jemanden eine Affäre anfangen würde, dann doch wohl mit ihr. Sie war der Inbegriff der Büroaffäre. Jung, knackig und kurze, enge Röcke tragend. Lilly fragte sich, ob ihre Beine jemals Hosen gesehen hatten? Bei den langen, grazilen Beinen grenzte es allerdings an ein Verbrechen, sie unter Stoff zu verstecken. Lilly bewunderte Jasmine aber nicht nur für ihre tollen Beine. Am meisten bewunderte sie ihre Busenfertigkeit. Ihre Brüste waren bis unter das Kinn gepusht, wodurch sie riesig wirkten. Trotz dieser Tatsache

und dem sehr großzügig ausgeschnittenen Kleid blieben sie an Ort und Stelle. Egal, wie sich Jasmine bewegte, ihre Brüste fielen nicht heraus.
Lilly blickte an sich hinab und kam sich busentechnisch sträflich vernachlässigt vor.
„Klein, aber fein“, säuselte sie ihren Brüsten zu.
Imogen hatte tolle Brüste, glaubte Lilly zumindest, schließlich hatte sie sie noch nie gesehen. Und wahrscheinlich würde sie das auch nie. Freunden zeigte man schließlich nicht einfach so seinen Busen.
Außer, man ist Nudist, überlegte Lilly und erneut überfiel sie ein kleiner Kicher-Anfall. Sie fragte sich, ob Patrick für seinen Job wohl blankziehen würde. Gartenparty, Nudistenparty, wo war der Unterschied? Beides fand draußen statt und nur in der warmen Jahreszeit. Das Einzige, was fehlen würde, wäre die Kleidung.
So darfst du nicht denken, schließlich tut er das nur für uns, schalte sich Lilly. Scham stieg in ihr auf. Sie kam sich undankbar vor. So, wie sie davon ausging, dass Zitronenpudding immer noch seine Lieblingsnachspeise war, so ging er davon aus, Lilly würde genau das Leben wollen, welches sie führten. Woher sollte er wissen, was in ihr vorging, wenn sie es ihm nicht sagte. Patrick war ein lieber Kerl und sie glaubte ihm, dass er dermaßen hart arbeitete, damit sie ein angenehmes Leben führen konnten. Blieb trotzdem die Frage, ob er sie nicht schlichtweg nur als einen Teil dieses Lebens sah, wie das Sofa oder das Auto.

„Wo steckt denn deine Frau?“, fragte Jasmine und

schenkte Patrick ein verführerisches Lächeln.
„Gute Frage. Sie wird mir doch wohl nicht weggelaufen sein?“
Die kleine Runde amüsierte sich über seinen Scherz, bis auf Jasmine. Lediglich ihre Mundwinkel hatten sich zu einem Lächeln verzogen. In ihren Augen lag die Aufmerksamkeit einer Raubkatze, die ihre Beute bereits ins Auge gefasst hatte und nur noch auf den richtigen Moment wartete, um sich auf sie zu stürzen.
„Ist das nicht deine Frau?“, fragte Stephanie und deutete über die Wiese auf eine freistehende Rotbuche.
Das war ohne Zweifel Lilly. Ihr gelbes Kleid strahlte selbst in der Dunkelheit. Sie stand mit dem Rücken an den Baum gelehnt, ein Bein angewinkelt und ebenfalls am Stamm platziert. In der Hand hielt sie ein Glas, ihr Kopf war leicht gesenkt. Sie machte keinen nüchternen Eindruck. So schlimm es auch war, aber in der Position erinnerte sie Patrick an eine Prostituierte aus einem Schwarzweißfilm.
„Ich werde mal nach meinem kleinen Kanarienvogel sehen“, sagte Patrick mit einem gezwungenen Lächeln.
Was dachte sie sich nur dabei? Er hoffte, dass sie etwas Falsches gegessen hatte und deswegen den Eindruck machte, als sei sie sternhagelvoll. Lilly wusste doch genau, wie wichtig diese Feiern für ihn waren, da konnte sie sich nicht einfach betrinken.
„Na Kleines, alles okay bei dir?“, fragte er und konnte nur mit Mühe seine Stimme unter Kontrolle halten.
„Nein“, antwortete sie.

Dieses eine Wort reichte, um seine Befürchtungen zu bestätigen. Sie war betrunken.
„Schatz, glaubst du nicht, du hast genug?"
„Und ob ich genug habe, warum glaubst du, schütte ich diese Plörre in mich hinein?"
„Ich denke, du hast genug von diesem ausgezeichneten Rotwein", sagte er und klang wie ein Oberlehrer.
„Bist du sauer?", fragte Lilly und stieß sich vom Baum ab, was sie ziemlich ins Wanken brachte.
„Sagen wir, ich bin nicht gerade erfreut darüber, dass sich meine Frau auf der Party meines Chefs betrinkt", sagte er und griff nach ihrer Schulter, um sie zu stabilisieren.
„Meine Frau! Findest du nicht auch, dass das furchtbar klingt? Als würde ich dir gehören. Sag mal ehrlich, bin ich ein Sofa für dich?"
„Wir sollten jetzt gehen. Sei so gut und versuche dich wenigstens zusammenzureißen, bis wir am Auto sind", ermahnte er Lilly und harkte ihren Arm unter seinen.
„Und wenn ich das nicht will? Wenn ich die Nase voll davon habe, deine kleine, perfekte Frau zu sein?", erwiderte sie und zog ihren Arm von ihm weg.
„Dann hast du das jetzt bereits geschafft. Dein Benehmen ist weit von Perfekt entfernt, weiter geht es kaum noch. Bitte, reiß dich jetzt zusammen, oder willst du uns alles kaputt machen, was ich uns aufgebaut habe?! Was wirft das für ein Licht auf mich, wenn die anderen denken, meine Frau hätte ein Alkoholproblem?"
Das schwammige Gefühl in Lillys Kopf war wie weggeblasen. So sehr seine Worte auch schmerzten, er hatte Recht. Nur, weil sie unglücklich war, stand es ihr

nicht zu, ihn auch unglücklich zu machen oder ihm sogar zu schaden. Lilly nickte unmerklich, senkte den Blick und harkte sich bei Patrick unter.
War sie wirklich ein dermaßen schlechter Mensch? Sie würde auf der Stelle eine Affäre mit Imogen anfangen, wenn die nur nicht so anständig wäre. Ihre Unzufriedenheit trug sie ausgerechnet bei Patricks Arbeitskollegen zur Schau. Solche Dinge taten gute Menschen nicht, oder etwa doch? Sie fühlte sich wie ein wildes Tier, dass man in die Enge getrieben hatte. Sie brachte doch zum Ausdruck, was sie fühlte, was sie wollte, warum hörte ihr niemand zu?
Ich bin unglücklich! Ich habe mich in dich verliebt!
Wie deutlich musste sie denn noch werden?
„Ihr wollt doch nicht schon gehen?", fragte Jasmine und schenkte Lilly ein süffisantes Lächeln, was diese mit einem Stirnrunzeln erwiderte.
Die Mischung aus Alkohol und Gedanken hatte sie wie einen Zombie neben Patrick herlaufen lassen. Dass plötzlich Menschen vor ihr standen, verwirrte sie ein wenig.
„Leider müssen wir. Lilly fühlt sich nicht wohl", erklärte Patrick und strich Lilly sanft über die Wange.
Lilly hasste diese Geste. Schließlich war sie eine erwachsene Frau und kein kleines Kind, auch wenn sie sich nicht immer so benahm.
„Heuschnupfen. Die Medikamente machen mich ein bisschen dämlich", sagte Lilly und war erstaunt darüber, dass sie die Sätze ohne zu lallen herausgebracht hatte, auch wenn die Geste, das Weinglas auf den Tisch

abzustellen, ihre Worte unglaubwürdig wirken ließen.
„Das kenne ich nur zu gut. Mich machen die Tabletten gegen den Heuschnupfen immer ganz müde. Dann könnte ich 24 Stunden durchschlafen. Zum Glück befällt er mich erst im Spätsommer, wenn es eh fast wieder Herbst ist“, sagte Stephanie und tätschelte Lillys Arm.
„Wir wünschen euch noch einen schönen Abend“, sagte Patrick und führte Lilly zum Auto.
„Setz dich bitte ins Auto und mach keinen Unsinn. Ich werde meinen Chef suchen und mich von ihm verabschieden.“
Lilly tat wie ihr gesagt. Ihr fehlte plötzlich die Kraft für Widerworte. Sie wollte nur noch schlafen, ein wenig Ruhe finden, an nichts denken. Ein leichter Schwindel befiel sie, als sie sich ins Auto setzte und die Rückenlehne herabließ. Sie schloss die Augen und fiel fast sogleich in einen unruhigen Schlaf.

Intrigant

Die Galerie füllte sich von Minute zu Minute mit immer mehr Kunstbegeisterten, Sammlern und Personen, die überall da auftauchten, wo auch Kameras waren. Mit so vielen Menschen hatte Imogen nicht gerechnet. Natürlich war die Vernissage von einem angesagten Künstler stets besser besucht als die, von einem unbekannten, aber das hier war eine Überraschung.

„Wahrscheinlich hat er eine große Familie", flüsterte ihr Tim zu, der mit einem Tablett, auf dem sich drei Weingläser befanden, stehenblieb.

„Ich täusche mich also nicht, es sind wirklich ziemlich viele Gäste gekommen."

„Nein mein Herzblatt, du siehst nicht Doppelt. Unsere Diva scheint wahrlich der absolute Renner zu sein. Oder, und das glaube ich eher, er hat eine große Familie. Die Hälfte der Leute sind bestimmt Cousins, Tanten und Schwippschwager."

„Wenn du unsere Kellner entlasten willst, dann sind drei Gläser aber ein bisschen wenig", stellte Imogen fest.

„Die sind für die Herrschaften dahinten. Er stinkreich, sie große Sammlerin und die Tochter absolut gelangweilt. Umso schneller die Bilder verkauft sind, umso schneller

habe wir Feierabend", erklärte Tim und tänzelte mit einem Zwinkern davon.
Tim hatte vollkommen Recht, es ging bei einer Vernissage nicht nur darum, sich hübsche Bilder anzusehen, sondern ums Verkaufen. Imogen sondierte die Lage, suchte nach den üblichen Verdächtigen, die sich auf jeden neuen, angesagten Künstler stürzten, doch ihre Gedanken glitten immer wieder zu einer bestimmten Frage; Wo war Lilly?
Sie hatte zugesagt, allerdings bedeutete das noch lange nicht, dass sie auch wirklich erscheinen würde. Das war verrückt, Imogen machte sich über etwas Gedanken, bei dem sie nicht einmal wusste, ob sie es wollte. Konnte sie es wirklich ertragen, Lilly mit ihrem Mann beim kuscheligen Kunstwerke-Betrachten zu sehen?
Noch bevor sie sich die Frage beantworten konnte, kam eine neue Gruppe von Gästen herein, unter ihnen auch Lilly und Patrick. Kaum waren sie durch die Tür, als Lillys Blick suchend über die Menschen glitt. Imogen stellte sich auf die Zehenspitzen und reckte unwillkürlich den Hals. Freude erfüllte sie bei Lillys Anblick. Allerdings blieb nicht genug Zeit, um dieses Gefühl auszukosten. Schon war da diese Stimme, die ihr sagte, dass Lilly mit ihrem Mann gekommen war, um mit *ihm* einen schönen Abend zu verleben.
Sie ist nicht wegen dir hier! Bilde dir bloß nichts darauf ein.
Auch wenn es wehtat, war sie froh über diese Einsicht. Es führte ihr deutlich vor Augen, dass Lilly vergeben war. Herzschmerz war das Einzige, was man von einer Affäre erwarten konnte und es war gut, daran erinnert zu

werden.
„Ist das nicht deine Nachbarin?“, fragte Fatima, die plötzlich an Imogens Seite aufgetaucht war.
„Ja. Übrigens mit ihrem Mann. Nur damit wir nicht wieder über abwegige Ideen diskutieren müssen.“
Ihr Mann. Als ob das etwas bedeuten würde, dachte Fatima und konnte nur schwerlich den Wunsch unterdrücken es laut auszusprechen.
„Ich werde mal rübergehen und sie begrüßen“, sagte Imogen.
„Mach das“, sagte Fatima, doch ihre Worte gingen in dem Lärm unter.
War das Erscheinen der Beiden nicht ein Beweis dafür, dass Imogen die Wahrheit sagte? Imogen wäre nicht fähig so grausam zu sein. Hätte sie etwas mit dieser Lilly, dann wäre es ziemlich pietätlos den Mann einzuladen. Wenn überhaupt irgendwas zwischen den beiden Frauen lief, dann ging es allein von Lilly aus, da war sich Fatima ganz sicher. Bis zu dem Moment, als sie die Begrüßung beobachtete. Imogen und Lilly begrüßten sich mit Küsschen auf die Wange. Das war nicht weiter ungewöhnlich, auf diese Weise begrüßten sich die meisten. Das verräterische war eine subtile Geste, die Imogen nicht einmal bewusst ausführte. Sie legte ihre Hand auf Lillys Oberarm und streichelte ihn ganz sanft, während sie sich die Begrüßungsküsschen gaben. Diese Berührung war in keiner Weise freundschaftlich. Es handelte sich nicht um ein flüchtiges Tätscheln. Es war der Ausdruck von Sehnsucht, dem Verlangen den Anderen zu berühren, ihn zu spüren.

Das konnte nicht wahr sein. Da hatte Imogen eine willige, ungebundene Frau direkt vor der Nase und sie stürzte sich lieber wieder in eine zermürbende Beziehung, die ins Nichts führte. Konnte Imogen wirklich nicht erkennen, was Fatima für sie empfand oder wollte sie es nur nicht? Sie hatten so viel gemeinsam. Sie lasen die gleichen Bücher, hatten einen ähnlichen Geschmack bei Filmen, arbeiteten in derselben Branche.
Wieso dieses Vorstadtpüppchen und nicht ich?, fragte sich Fatima und hätte am liebsten ihr Sektglas gegen die Wand geschleudert. Immer war es das Gleiche, sie blieb die gute Freundin.
Dieses Mal nicht!
Und wenn sie Himmel und Hölle in Bewegung setzen musste, Imogen würde sich in sie verlieben. Fatima war es leid, immer nur die gute Freundin zu sein und als einzige allein nach Hause zu gehen. Der Ehemann würde sicher dem, was auch immer zwischen Imogen und ihrer Nachbarin lief, einen Riegel vorschieben. Man musste ihn nur sachte mit der Nase darauf stupsen.
Hätte Fatima bloß einen Moment über ihr Vorhaben nachgedacht, hätte sie sich vor sich selbst erschrocken. Normalerweise war sie der gute Kumpel, der die anderen deckte, doch ihre verzweifelten Gefühle hatten eine andere Seite von ihr geweckt. Eine Seite, die es leid war auf der Ersatzbank zu sitzen, sie wollte endlich mitspielen und gewinnen.
Lilly und Imogen hatten sich vor einem der größeren Werke platziert und schienen ehrfürchtig in die Betrachtung versunken. Patrick fehlte. Fatima ließ den

Blick schweifen und entdeckte ihn, wie er den Rückweg von den Toiletten antrat. Geistesgegenwärtig schnappte sich Fatima ein Glas Rotwein und fing ihn ab.
„Es gehört zum guten Ton, zumindest ein Glas in der Hand zu halten, selbst, wenn man den Inhalt verschmäht", sagte sie und reichte Patrick mit einem süffisanten Lächeln das Glas.
„Wie aufmerksam von Ihnen. Es liegt mir natürlich fern, unangenehm aufzufallen", erwiderte er mit Worten und einem strahlenden Lächeln.
„Ich glaube nicht, dass Sie unangenehm auffallen könnten. Ein kultivierter Mann, wie Sie? Auffallen, ja. Bei ihrer Größe und Ausstrahlung. Unangenehm? Nein, niemals."
„Sie machen mich ganz verlegen. Ich bin übrigens Patrick und mit wem habe ich die Ehre?"
„Fatima. Ich bin die stellvertretende Galerieleiterin. Ihnen gefällt die Vernissage?"
„Oh ja, sehr sogar", sagte er und sah sich um.
Sein Blick verweilte bei Lilly und Imogen, die mittlerweile in ein angeregtes Gespräch über das Gemälde vertieft zu sein schienen.
„Sie haben ein gutes Auge. Gleich zwei Kunstwerke, die ihre Aufmerksamkeit auf sich gezogen haben. Das brillante Werk des Malers und die Kunst der Liebe."
„Wie meinen Sie das?"
„Imogen, das ist die blonde Frau, streitet zwar ab, dass da etwas zwischen ihr und der anderen Frau ist. Aber man kann doch das Knistern bis hierhin hören. Gibt es ein bewundernswerteres Kunstwerk, als die Liebe? Wohl

kaum“, sagte Fatima.
„Sie mögen Ahnung von Kunst haben, doch in diesem Fall täuschen Sie sich. Die Frau, mit der Imogen redet, ist meine Ehefrau“, sagte Patrick, bemüht freundlich zu klingen.
„Oh, das tut mir leid. Dann habe ich mich wohl geirrt. Aber ich bin mir sicher, dass Imogen verliebt ist, fragt sich nur, in wen?“
Patrick schluckte schwer, während sein Blick zwischen den beiden Frauen hin und her wanderte.

Es fiel Lilly schwer sich auf das Gemälde zu konzentrieren und nicht auf Imogen. Eigentlich hatte sie überhaupt nicht kommen wollen und nach ihrem grandiosen Auftritt auf der Gartenparty hatte sie nicht damit gerechnet, dass Patrick noch dazu bereit war. Sie hatte sich entschuldigt, er hatte es als Ausrutscher abgetan. Entweder war der Besuch der Vernissage seine Art ihr zu sagen, dass er nicht mehr sauer war, oder er wollte testen, ob sie überhaupt noch gesellschaftsfähig war. Für diesen Test bot sich eine Veranstaltung unter Fremden an. Sollte sie sich widererwartend erneut danebenbenehmen, würde es zumindest niemand von seiner Arbeit mitbekommen.
Was auch immer seinem Motiv entsprach, es spielte keine Rolle. Sie war da, stand neben Imogen und nur das zählte.
„Gefällt es dir?“, fragte Imogen.
„Das Bild?“
„Ja. Gefällt dir das große Meisterwerk?“
„Es ist interessant.“

„Benutze dieses Wort bloß nicht, wenn der Künstler in der Nähe ist. Interessant ist das Schlimmste, was du über ein Bild sagen kannst“, erklärte Imogen und lächelte. Dieses Lächeln, dieses Strahlen in den Augen, Lilly hatte das Gefühl zu platzen. So ging es nicht weiter, sie musste mit Imogen reden. Diese Freundschaftssache funktionierte nicht und Lilly wollte auch gar nicht, dass sie funktionierte. Sie wollte mit Imogen zusammen sein.
„Können wir miteinander reden? Ungestört?“
„In meinem Büro. Was ist denn?“, fragte Imogen und das Lächeln verschwand von ihren Lippen.
„Das kann ich dir hier nicht sagen.“
Imogen bahnte ihnen einen Weg durch die Menge, nickte im Vorbeigehen einigen Leuten zu und achtete darauf, dem Maler nicht in die Arme zu laufen. Kaum hatten sie das Büro betreten und Imogen die Tür geschlossen, schlang Lilly ihre Arme um sie. Bevor Imogen begreifen konnte, was gerade geschah, wurde sie gegen die Tür gepresst und mit solch einer Leidenschaft geküsst, dass ihr der Atem weg blieb.
Lilly hatte nichts weiter vorgehabt, als zu reden, doch in dem Moment, als sich die Tür vor der Welt geschlossen hatte, war eine Flut an Gefühlen über sie hereingebrochen. Viel zu lange hatte sie sich gegen den Drang gewehrt diese Lippen zu berühren. Sie konnte nicht anders, sie musste Imogen schmecken.
Imogen wollte Lilly von sich wegdrücken, doch ihr Wille war zu schwach, sie gab sich der Lust hin, die in ihr aufstieg. Ihre Hände wanderten an Lillys Rücken hinab zu ihrem kleinen, festen Po. Seine Rundungen schmiegten

sich in ihre Hand. Durch den dünnen Stoff des schwarzen Minikleides war keine Naht eines Slips zu spüren. Der Gedanke, dass Lilly keine Unterwäsche trug, machte sie ganz wild. Sie drängte Lilly in die Richtung ihres Schreibtisches, ohne von ihren Lippen zu lassen. Ein Ruck fuhr durch beide, als Lilly gegen den Tisch stieß. Imogen schob Lillys Kleid hoch, ergriff ihre Hüfte und setzte sie auf die Tischplatte, während sie sich zwischen ihre Beine drängte. Ihre Lippen lösten sich von Lillys Mund, wanderten an ihrem Hals hinab. Ein leises Stöhnen entwich Lilly, während Imogen an den Trägern des Kleides zerrte. Die Träger rutschten von ihren Schultern und gaben den Blick auf ihren Busen frei. Berauscht von der Leidenschaft senkte Imogen ihren Kopf und bedeckte sie mit zärtlichen Bissen und stürmischen Küssen.
Ein Klopfen ließ beide für einen Augenblick erstarren. Geistesgegenwärtig richtete sich Imogen auf, zog Lilly auf die Beine und deutete auf eine Tür hinter ihrem Schreibtisch.
„Personaltoilette! Geh!“, flüsterte sie eindringlich.
Lilly zupfte an ihrem Kleid, während sie zur Tür eilte und dahinter verschwand. Imogen tat es ihr gleich und richtete Frisur und Bluse. Vorsichtig fuhr sie den äußeren Rand ihrer Lippen ab, um mögliche Lippenstiftspuren zu beseitigen.
„Ja, bitte!“, sagte sie und lehnte sich lässig gegen den Schreibtisch.
„Versteckst du dich hier drin?“, fragte Fatima, nachdem sie das Büro betreten hatte und sich suchend umblickte.

„Ich verstecke mich nicht, ich habe einer Dame in Nöten geholfen“, antwortete sie und hoffte, dass ihre Wangen nicht so rot glühten, wie sie sich anfühlten.
Ihr Körper war erfüllt von Hitze und Unruhe. Dieser Unruhe, die einen befällt, wenn man unbedingt etwas anderes machen will. Und Imogen wollte weder mit Fatima sprechen noch zurück zur Vernissage. Die Tür abschließen und sich mit Lilly brennend vor Leidenschaft auf dem Schreibtisch wälzen, das war es, was sie wollte.
„Diese Dame trägt nicht zufällig den Namen Lilly?“
„Das tut sie!“, sagte Lilly, als sie aus der Personaltoilette kam.
„Was für Nöte waren das? Belästigung, Angriff eines Drachen oder zu viel Kunst?“, fragte Fatima und vermied es strickt Lilly anzusehen.
„Ich musste mir sehr dringend die Nase pudern und wie das nun einmal so ist, befand sich vor der eigentlich Örtlichkeit eine ziemlich lange Schlange“, erklärte Lilly und blieb dicht neben Imogen stehen, sodass Fatima keine andere Wahl hatte, als sie beide anzublicken. Sie sollte verstehen, zu wem Imogen gehörte. Das war ziemlich albern, das wusste Lilly, doch sie konnte nicht anders. In Fatimas Nähe wurde sie nur von einem Gedanken gelenkt; *Meins!*
Lilly wusste, dass Imogen ihr nicht gehörte, sie keine Beziehung hatten, was sie nicht davon abhielt jeden zu vertreiben, der versuchen sollte sie ihr wegzunehmen.
„Nun, das ist wahrlich eine Heldentat. Wenn die Nase jetzt gerettet ist, dann solltest du dich vielleicht wieder um die Vernissage kümmern.“

„Du hast sicherlich alles im Griff. Am besten ihr geht schon mal vor, ich brauche noch zwei Minuten“, erwiderte Imogen, bemüht freundlich zu bleiben.
Fatima verließ das Büro, Lilly wandte sich ebenfalls zum Gehen, doch Imogen hielt ihren Arm fest und beugte sich leicht zu ihr hinab. Imogens Lippen waren so dicht an Lillys Ohr, dass sich jedes gehauchte Wort wie ein Kuss anfühlte.
„Trägst du keinen Slip?“
Kichernd wandte sich Lilly zu Imogen um. *Was für eine indiskrete Frage,* dachte sie und spürte ein gewisses Kribbeln aufsteigen.
„Natürlich trage ich einen. Allerdings ist er *winzig*“, sagte Lilly, zwinkerte und verließ das Büro.
„Ich weiß, was zwischen euch läuft.“
Erschrocken drehte sich Lilly um und blickte in das ernste, fast schon wütende Gesicht von Fatima.
„Ich will nur eins sagen; Hände weg von Imogen. Schon einmal hat eine gelangweilte Ehefrau Imogen den Kopf und das Herz verdreht. Nochmal lasse ich das nicht zu.“
„Wie fürsorglich. Dabei geht es nur um Imogens Wohl?! Es hat nichts mit Angst zu tun? Angst, die Konkurrenz könnte zu stark sein?!“
„Du bist keine Konkurrenz!“
„Stimmt, denn das würde bedeuten, dass es zwei Spieler gibt. Das ist hier jedoch nicht der Fall.“
„Irrtum, es gibt sogar drei Mitspieler. Es wäre doch unfair ihren Mann außen vor zu lassen“, sagte Fatima, drehte sich um und ging, noch bevor Lilly die Möglichkeit zu

einer Erwiderung fand.

Picknick

Die Vernissage war ein voller Erfolg gewesen. Ausnahmslos alle Bilder hatten einen Käufer gefunden. Selbst die Diva hatte nichts zu beanstanden gehabt. Auf menschlicher Ebene war es schwieriger den Abend zu bewerten. Dieser Anfall von Leidenschaft war so etwas von falsch gewesen und gleichzeitig so unglaublich gut. Ein anzügliches Lächeln umspielte Imogens Lippen, als sie an Lillys Körper dachte, der unter ihren Küssen gebebt hatte. Ihre Haut war zart wie Seide und sie duftete nach Frühlingsblumen. Imogen schloss die Augen und verlor sich in den Gedanken an die gestohlenen Momente der Leidenschaft. Sie konnte noch immer Lillys Lippen auf ihren spüren. Dieses Gefühl war unglaublich real. Zu real. Imogen öffnete die Augen und zog automatisch den Kopf zurück.

„Lilly?“

„Guten Morgen“, sagte Lilly, während sie sich aufrichtete. Da stand sie, lächelnd, mit einem Picknickkorb in der Hand. Ein hauchzartes Sommerkleid schmiegte sich an ihren Körper. Sie kam einer Erscheinung gleich, die Imogens Phantasie entsprungen war. Daneben wirkte Imogen sehr real mit ihren nassen Haaren, die

Wasserflecken auf ihrem Trägerhemdchen hinterließen. Nach dem Duschen hatte sie sich in Shorts und Hemdchen geschmissen, nur um ihren Kaffee nicht nackt im Garten zu trinken.
„Bist du echt?", fragte Imogen.
„Das will ich doch hoffen", antwortete Lilly und setzte sich neben sie auf die Terrassenstufe.
„Was auch immer du benutzt oder nimmst, ich hätte gerne eine große Menge davon ab. Du siehst aus wie das blühende Leben."
„Dafür bist du verantwortlich", erwiderte Lilly, beugte sich vor und gab ihr einen Kuss.
Der Kuss dauerte nur wenige Sekunden, schmeckte nach Vanille, Kaffee und Leichtsinn. Imogen entzog sich der Liebesbekundung, stand auf und blickte sich verstohlen um.
„Hältst du das für eine gute Idee, in aller Öffentlichkeit herumzuknutschen?"
„Wer soll uns denn hier sehen? Patrick ist beim Tennis oder Squash. Und selbst wenn uns jemand sieht – es ist mir egal", sagte Lilly, stand auf und küsste Imogen erneut.
Imogen wollte zurückweichen, doch Lillys Hände vergruben sich in ihren nassen Haaren. Sie hätte Widerstand leisten können, doch der Wunsch sich der Leidenschaft hinzugeben war zu mächtig und betäubte ihren Verstand.
Wie sie vom Garten ins Wohnzimmer gekommen und auf dem Boden gelandet waren, wusste keine von beiden, sie verloren sich in den Küssen, Berührungen und dem Zerren an überflüssigem Stoff. Lilly zog Imogen das

Hemdchen aus, warf es achtlos zur Seite und betrachtete ihren nackten Busen.
„Ich wusste, dass deine Brüste toll sind!“
„Du hast über meine Brüste nachgedacht?“, fragte Imogen und blickte zu ihrem Busen hinab.
„Nur nebenbei, als ich über die von Jasmine philosophiert habe“, erklärte Lilly, während sie mit dem Handrücken über Imogens Brüste strich.
„Du bist furchtbar. Muss ich mir wirklich ausgerechnet jetzt Sorgen wegen dieser Jasmine machen?“, säuselte Imogen.
„Niemals!“, sagte Lilly und biss ihr zärtlich in die Brustwarze.
Imogen warf den Kopf in den Nacken und stöhnte. Der sanfte Schmerz des Bisses ließ ihren Unterleib pochen. Ihre Hände suchten Halt in Lillys Haaren, ihr Körper bäumte sich auf in dem Begehren nach mehr. Lilly kam der Aufforderung mit Genuss nach.
Die Berührungen waren sanft und grob. Die Zungenspiel neckisch, fordernd und voller Leidenschaft.
Ineinandergeschlungen, den Herzschlag des anderen spürend verloren sie sich in der Leidenschaft. Die Berührungen waren von solch einer Intensität, dass sich ihr Selbst aufzulösen schien. Es gab nur noch ein *Wir*, das keuchte, stöhnte und in Lust badete. Sie liebten sich eine Ewigkeit, bis beide in einen friedlichen Schlummer fielen.
Zögernd, weil sie befürchtete, dass es nur ein Traum gewesen war, schlug Imogen die Augen auf. Sie drehte sich auf die Seite und stellte erleichtert fest, dass es kein Traum gewesen war. Da lag sie, auf dem Bauch, wodurch

der Blick auf ihren wunderschönen Rücken frei war. Ihre Haare umrandeten wirr ihr Gesicht, auf dem ein Ausdruck von Glückseligkeit lag. Imogen wollte Lilly nicht wecken, doch sie konnte sich selbst nicht davon abhalten, ihr die Haare aus dem Gesicht zu streichen und sanft die Linien ihres Rückens nachzuzeichnen. Sie war trunken vor Glück oder von den Endorphinen. Es war Imogen egal, ob zuerst das Gefühl oder die Chemie dagewesen war, es zählt allein die Tatsache, dass sie sich jetzt gerade glücklich fühlte.
„Mmhhh, das ist schön“, sagte Lilly.
„Dabei bin ich mir nicht ganz sicher, ob du diese Streicheleinheiten verdient hast.“
„Habe ich nicht? So schlecht fand ich mich gar nicht und ich dachte, du auch nicht.“
„Das meine ich nicht. Du machst mich ganz dumm, was dazu führt, dass ich mich nicht mehr unter Kontrolle habe, was den Schatten in mir ermöglicht frei zu kommen“, sagte Imogen.
„Jungianerin?“
„Du interessierst dich für Psychologie?“, fragte Imogen überrascht.
Lilly setzte sich auf, zog die Knie an und schlang die Arme um ihre Beine. Verärgerung stieg in ihr auf. Wenn andere Menschen sie unterschätzten, bitte, sollten sie es doch tun. Dass Imogen es ihnen gleichtat, schmerzte. Gab es da nicht eine Verbindung zwischen ihnen? Lilly fühlte sich bei ihr geborgen und verstanden, doch diese Frage ließ sie zweifeln. Was dachte Imogen über sie?
„Denkst du, ich interessiere mich nur für die neusten

Waschmittel und Rezepte? Meine Bücherregale sind nicht nur voll mit Kochbüchern, Häkelanleitungen und Liebesromanen“, sagte Lilly in gereiztem Ton.

„Ich weiß wirklich nicht, was hier gerade geschieht, aber, wenn du so auf Sex reagierst, dann schlafe ich nie wieder mit dir.“

„Du hast reagiert, als sei es total abwegig, dass sich jemand wie ich mit Psychologie beschäftigt. Da ist es doch wohl verständlich, dass diese Frage in mir hochkommt, was du eigentlich von mir denkst.“

„Okay, lass mich das zusammenfassen. Weil ich dich gefragt habe, ob du dich für Psychologie interessierst, glaubst du jetzt, dass ich dich für … Ja, für was eigentlich halte?“, fragte Imogen und schüttelte den Kopf.

„Langweilig! So wie die anderen. Selbst meine Familie hält mich für uninteressant“, erklärte Lilly und legte das Kinn auf ihren Knien ab.

Imogen konnte sich ein leises Lachen nicht verkneifen. Das war mal ein äußerst interessanter Fall von falscher Wahrnehmung. Sie rückte näher an Lilly heran und hob ihr Kinn an, sodass sie ihr in die Augen sehen musste.

„Mir fallen viele Begriffe ein, um dich zu beschreiben. Langweilig und Uninteressant gehören jedoch nicht dazu. Sollten dich Bekannte und Familie wirklich so einschätzen, dann bist du noch viel interessanter, als ich gedacht habe, das würde nämlich bedeuten, du bist eine grandiose Schauspielerin. Ich hätte jedem die Frage gestellt, schließlich ist es eine Standardfrage, wenn man entdeckt, dass man gemeinsame Interessen hat“, sagte Imogen und gab Lilly einen Kuss.

Der Kuss verstärkte noch das Gefühl ein Trottel zu sein. Wie hatte sie nur dermaßen dumm reagieren können. Natürlich war es eine Standardfrage und keine Beleidigung. Lilly konnte sich selbst nicht erklären, was mit ihr los war. Unter dem Ärger saß ein anderes Gefühl, etwas, das sie nicht zu fassen bekam.
„Was sollte eigentlich der Picknickkorb?“, fragte Imogen aus Neugier und um Lilly auf andere Gedanken zu bringen.
„Ich wollte mit dir Picknicken gehen.“
„Wirklich? Oder war das nur eine Vorwand, um rüber zu kommen und über mich herzufallen?“
„Ich kann mit reinem Gewissen sagen, dass meine Absichten vollkommen ehrenwert waren. Zumindest, bis ich dich gesehen habe.“
„Was hältst du davon, wenn wir hier Picknicken? Ich könnte eine kleine Stärkung gut gebrauchen“, sagte Imogen grinsend.
„Klingt gut.“

Zweifel

Der Tag näherte sich dem Abend. Dunkle Wolken zogen über den Himmel. Lilly und Imogen standen draußen, redend und lachend, während Patrick aus der Garage kam und zum Haus ging. Auf halben Weg blieb er stehen und sah zu ihnen rüber. Er hatte ihnen gewinkt, als er an ihnen vorbeigefahren war, doch sie hatten ihn nicht gesehen. Auch jetzt schien es so, als würde die Außenwelt nicht existieren. Sie waren vertieft in ihr Gespräch, in ihr Lachen.

Ein merkwürdiges Gefühl stieg in ihm auf. An den Worten dieser Frau von der Vernissage konnte nichts dran sein, oder?

Das war albern, Lilly würde ihn nicht betrügen, sie hatte überhaupt keinen Grund dafür. Außerdem war sie sicherlich keine Lesbe, so etwas hätte ihm schließlich auffallen müssen. Seine Frau mit einer anderen Frau, das war eine absurde, wenn auch ziemlich heiße, Vorstellung. Eigentlich konnte er nicht einmal glauben, dass Imogen andersherum gepolt sein sollte. Ihre blonden Haare reichten bis zu ihren Schulterblättern. Sie benutzte Make-Up. Sie war feminin und attraktiv. Lesben wirkten eher männlich oder zumindest burschikos. Gut, bis jetzt hatte

er sie nur in Hosen gesehen, aber was bedeutete das schon, viele Frauen trugen lieber Hosen anstatt Röcke. Trotz dieser überzeugenden Argumente, versetzte es ihm einen Stich, als er sah, dass sich die beiden Frauen mit Küsschen voneinander verabschiedeten.
Seit wann benahm sich Lilly so eigenartig? Seit diese Imogen nebenan eingezogen war? Er konnte es nicht genau sagen. Selbst, wenn beides gleichzeitig stattgefunden hatte, musste es trotzdem keinen Zusammenhang geben. Reiner Zufall.
Angenommen, es war kein Zufall, dann musste selbst das nicht bedeuten, dass Lilly etwas mit einer anderen Frau hatte. Viel wahrscheinlicher war, dass Imogen einen schlechten Einfluss auf sie ausübte. Die Frau lebte allein, trieb sich in der Künstlerszene herum, hatte völlig andere moralische Werte als er und Lilly. Das konnte spannend sein und schwache Charaktere verwirren. Er hatte Lilly zwar nie für charakterschwach gehalten und tat es eigentlich auch jetzt nicht, allerdings war sie nicht gerade willensstark. Es konnte natürlich ebenso eine Art Midlifecrisis sein. Ihre Freundinnen hatten bereits Kinder, sie wurde nicht jünger, wahrscheinlich war es ein hormonelles Ding. So war es nun einmal mit den Frauen, die Hormone brachten ihre Gefühle durcheinander.
„Du bist schon wieder da?“, fragte Lilly und gab Patrick zur Begrüßung einen Kuss auf die Wange. „Und du auch? Seid ihr picknicken gewesen?“, fragte Patrick und deutete auf den Korb.
Lilly folgte seinem Finger und ein Lächeln umspielte ihre Lippen.

„Bei solch schönem Wetter, was kann man da anderes machen. Und du weißt ja, wie sehr ich Picknicks mag."
Eigentlich wusste er das nicht. Patrick blickte von Lilly zu dem Korb und wieder zu ihr. Soweit er sich erinnern konnte, waren sie kein einziges Mal picknicken gewesen. Grillen mit Freunden, das machten sie regelmäßig, aber auf einer Decke im Park sitzen und essen, war nie ihr Ding gewesen. Zumindest hatte er gedacht, dass es nicht ihr Ding sei. Wer hatte schon gerne Ameisen auf seinem Sandwich.
Patrick schüttelte unmerklich den Kopf. Über so etwas nachzudenken, war albern. Lilly mochte also Picknicks, gut zu wissen. Vielleicht würde er sich irgendwann einmal dazu durchringen können, eines mit ihr zu veranstalten.
Ein leises Grollen in der Ferne verscheuchte den Gedanken. Er blickte zum Himmel. Die Wolken waren nicht mehr grau, sondern dunkel und kündeten von einem heftigen Gewitter.
„Wir sollten lieber ins Haus gehen. Sieht aus, als ziehe ein Unwetter auf."

Es goss in Strömen. In Imogens Auto lag zwar ein Schirm, doch bis sie den aus dem Kofferraum geholt hätte, wäre sie bereits durchnässt gewesen, also hatte sie sich für einen Sprint zu Tür des Pubs entschieden. Tropfend bestellte sie am Tresen einen Tee, sah sich in dem Gastraum um und entdeckte Fatima. Das war keine große Meisterleistung, da der Pub nicht gut besucht war. Das konnte eigentlich nur am Wetter liegen, denn das Ambiente lud zum Verweilen ein. Schwere Holztische,

Balken und altertümliche Jagdutensilien verliehen dem *Fox* seinen urigen Charme.
„Entschuldige die Verspätung. Das Wetter ist nicht besonders Fahr-freundlich. Aber ich scheine nicht die einzige zu sein, die heute mit der Pünktlichkeit Schwierigkeiten hat."
„Tim kann leider doch nicht kommen. Irgendeine familiäre Sache", erklärte Fatima und nahm einen Schluck von ihrem Cappuccino, der ein bisschen nach Socken schmeckte.
„Hoffentlich nichts Ernstes", erwiderte Imogen.
„Klang nicht so. Dann müssen wir den Erfolg der Vernissage eben allein feiern."
„Mit Tee und Cappuccino, das nenne ich doch mal ausgefallen."
„Wir könnten uns etwas zum Essen bestellen."
„Tu dir keinen Zwang an, wenn du Hunger hast. Ich bin satt, Lilly hat es ein wenig übertrieben. In einem früheren Leben war sie entweder Kantinenchefin oder hatte eine riesige Familie zu ernähren", kaum hatte Imogen den Satz beendet, bereute sie es.
Fatimas freudiges Lächeln bei Imogens Ankunft hatte sich in Wohlgefallen aufgelöst. Ihr Blick verdüsterte sich und als sie sprach, klang die Verstimmung deutlich durch.
„Deine Nachbarin hat also für dich gekocht. Ihr habt zu dritt gegessen nehme ich an. Du, sie und ihr Mann."
„Nein, wir waren Picknicken. Allein", sagte Imogen, bevor ihr gesunder Menschverstand sie davon abhalten konnte.
Das war eine unnötig provozierende Antwort gewesen.

Doch langsam ging ihr Fatimas Verhalten dermaßen auf den Senkel, dass sie ihre Gefühle nicht mehr unter den Deckel halten konnte. Fatima wollte sie beschützen, das war sehr lieb von ihr. Natürlich machte man sich um seine Freunde sorgen und wollte verhindern, dass sie verletzt wurden. Das konnte Imogen gut nachvollziehen, umgekehrt wäre es ihr genauso ergangen. Trotzdem ging ihr die Art und Weise, wie Fatima diese Gefühle zum Ausdruck brachte, tierisch auf die Nerven.

„Ich hoffe, ihr hattet einen schönen Tag."

„Lass uns bitte offen sprechen. Wenn du mir etwas zu sagen hast, dann tu das. Dieses Augenverdrehen und die Stimme kreischen lassen, ist doch nicht unser Niveau, also sprich dich aus."

„Du weißt genau, um was es geht. Ich habe schon ein paar Mal versucht mit dir darüber zu sprechen, doch du hast mich damit abgespeist, dass sie verheiratet ist. Du willst offen sprechen, dann tu das. Sag mir ganz offen und ehrlich, läuft da was zwischen euch?"

Das Zögern war Antwort genug. Da Imogen mit dem offen-Sprechen angefangen hatte, was sie nun für ziemlich dämlich hielt, musste sie eine Wahl treffen. Entweder sie folgte ihrer eigenen Aufforderung und sagte die Wahrheit, oder sie missachtete sie und log.

„Ja. Wir haben uns ineinander verliebt."

„Ich wusste es. Auf der Vernissage war es dermaßen offensichtlich. Wieso? Wieso machst du wieder den gleichen Mist? Hast du Sue bereits vergessen? Wenn ich dein Gedächtnis auffrischen darf. Du bist nicht der Mensch für eine Affäre. Es ging dir während der Sache mit Sue beschissen und danach erst recht. Wie lange hast du gebraucht, um das zu verdauen, ein Jahr? Hat dir das nicht gereicht? Ich meine, du glaubst doch wohl nicht ernsthaft, dass es mit deiner Nachbarin anders laufen wird! Sie verlassen nicht ihre Ehemänner, das ist eine Legende. Bi-Frauen entscheiden sich nicht für die Frau. Nie!“

Mit vielen Worten und Ärger hatte Imogen gerechnet. Mit so viel Wut nicht. Weder mit Fatimas noch mit ihrer eigenen, die brennend in ihr aufstieg. Wenn man sich um jemanden Sorgen machte, dann berechtigte einen das noch lange nicht dazu, denjenigen zu verletzen. War Fatima nicht bewusst, wie sehr ihre Worte sie trafen oder tat sie es genau in diesem Bewusstsein? Wollte sie Imogen verletzen?

„Wie könnte ich vergessen, dass mein Vater gestorben ist? Ich war am Ende und wollte nur eins, dass mich Sue in den Arm nimmt. Doch sie konnte nicht, sie musste einen Tag später mit ihrem Mann in den Urlaub fahren. Wie könnte ich vergessen, dass ich sie angebettelt habe, zu mir zu kommen? Glaubst du, ich würde jemals vergessen, dass ich sie an jenem Tag vor die Wahl gestellt habe und sie sich für den Urlaub und damit für ihren Mann entschieden hat? Ich fühlte mich einsam und verraten. Da war nichts außer Trauer und Wut in mir. Das habe ich nicht vergessen und werde es auch nie. Und ich finde es unglaublich, dass du das denkst.“

„Sue lässt dich am Todestag deines Vaters im Stich und trotzdem fängst du erneut etwas mit einer verheirateten Frau an? Glaubst du wirklich, dass deine Nachbarin für

dich da sein wird, wenn du sie brauchst?", sagte Fatima und bemühte sich, freundlicher zu klingen, was ihr nicht besonders gut gelang.
„Auch eine normale Beziehung ist kein Garant dafür, dass dich der Partner nicht im Stich lässt, wenn du ihn brauchst", sagte Imogen und hörte selbst, wie hohl diese Worte klangen.
Eine Beziehung, ein Partner, der hinter ihr stand und für sie da war, das war es, was sie sich wünschte. Eine Affäre war nicht der Ort, wo man das fand.
„Ich würde dich nie im Stich lassen."
„Das ist lieb von dir und ich weiß, dass du dir nur Sorgen machst, aber können wir jetzt bitte das Thema wechseln. Wir wollten die Vernissage feiern und nicht meine Irgendwie-Beziehung besprechen. Gegen das, was das Herz begehrt, kann man sich nicht wehren."
Dem stimmte Fatima zu. Das Herz begehrte und man versuchte ihm zu folgen, egal, wie weh es tat.

Zum Glück hatte es endlich aufgehört zu regnen, allerdings hatten sich große Pfützen auf den Straßen gebildet, was Imogen dazu veranlasste langsam und vorsichtig zu fahren. Mehr Zeit zum Nachdenken, ob das nun gut oder schlecht war blieb dahingestellt.
Imogen machte das Radio wieder aus. Die Musik entsprach nicht ihrem Geschmack und selbst wenn, ihre Gedanken waren viel zu laut, um sich auf Liedtexte zu konzentrieren. Es stimmte, sie hatte sich schon wieder auf eine verheiratete Frau eingelassen, aber Lilly war anders als Sue. Lilly war aufmerksam, bemüht und

warmherzig. Die Beziehung mit Sue war wie eine Droge gewesen. Sue war wie eine Droge gewesen. Wenn sie zusammen waren, hatte sich Imogen gut gefühlt, war das Leben ein Rausch gewesen. In den Stunden der Einsamkeit hatte sie gelitten. Nichts schien von Bedeutung zu sein. Nichts hatte wirklich Spaß gemacht, das Essen nicht geschmeckt. Ihre Gedanken waren nur bei Sue gewesen. Sie hatte die Stunden gezählt, bis sie sich wiedersehen konnten.
Imogen konnte nicht einmal sagen, wieso sie diese Wirkung gehabt hatte. Es war ein schleichender Prozess gewesen und am Ende stand eine selbstzerstörerische Abhängigkeit.
Sue war eine Jägerin, wenn sie etwas haben wollte, dann bekam sie es und sie hatte Imogen als Trophäe auserkoren gehabt. Komplimente und Aufmerksamkeiten hatten Imogen angelockt. Charme und eine Aura des Geheimnisvollen waren die Falle gewesen, in die sie sich verfing. Sie waren nachts zum Meer gefahren, hatten den Sonnenaufgang betrachtet und sich geliebt.
Sex war eine der Fesseln gewesen, die Imogen in der Falle gefangen hielten. Wenn sie sich liebten, war nichts mehr von Bedeutung, Raum und Zeit existierten nicht. Die Leidenschaft hatte sie in die höchsten Höhen und in die tiefsten Abgründe geführt. Verabredungen mit Freunden wurden vergessen, die Arbeit zu spät angetreten. Die Konsequenzen waren Imogen egal gewesen, solange sie nur ein bisschen mehr Zeit mit Sue verbringen konnte.
Irgendwann reichte das nicht mehr, kam die Sehnsucht nach Gemeinsamkeit auf. Die furchtbare Grippe hatte ihr

das verdeutlicht. Wenn man mit Fieber, Husten und voller Schleim im Bett liegt, dann will man nicht durch die Nachtclubs ziehen oder wilden Sex haben. Dann verlangt es einem nur nach Hühnersuppe, einem nassen Lappen und einer Hand, die einem liebevoll über die Wange streichelt. Das war der Moment gewesen, als die Sehnsucht nach einer richtigen Partnerschaft in ihr Bewusstsein gedrungen war. Ab dem Zeitpunkt verlor die Droge immer mehr von ihrem Rausch. Sie wurde zudem, was Drogen sind, zerstörerisch.
Die Leere versuchte Imogen mit Arbeit zu füllen. Das wirkte sich zwar positiv auf ihr Berufsleben, jedoch nicht auf ihr Gefühlsleben aus. All die Emotionen, die sie den Tag über, oder wochenlang, unterdrücken konnte, sprudelten in einer stillen Minute aus ihr heraus. In diesem Chaos aus Gefühlen, Tränen und Flucht hatte sie sich verloren. Der Mensch, der ihr aus dem Spiegel entgegenblickte, sah aus wie sie, trotzdem erkannte sie sich nicht mehr. Das war sie nicht, das war nur noch ein Schatten ihrer Selbst.
Imogen hatte sich geschworen, so etwas nie wieder geschehen zu lassen, auf sich selbst aufzupassen. Um diesen Schwur einzuhalten, musste sie das, was sie mit Lilly hatte, beenden.
Aber mit Lilly war es etwas vollkommen anderes. Es fühlte sich nicht wie eine Flucht vor der Realität an, sondern eher wie die Realität. Obwohl es falsch war, fühlte es sich richtig an. Trotzdem blieb eine große Gemeinsamkeit zwischen Sue und Lilly, ihre Ehe.
Egal, wie sie es drehte oder wendete, Tatsache blieb, dass

Lilly ihren Mann betrog und Imogen daran beteiligt war. Angenommen, Lilly würde ihren Mann wirklich verlassen, konnte das Imogen mit ihrem Gewissen vereinbaren?
Sie wusste es nicht. Allerdings hatte sie auch ernsthafte Zweifel, dass diese Frage jemals aufkommen würde. Wie groß war die Wahrscheinlichkeit, dass sich Lilly für sie entschied? Mit viel guten Willen konnte man von einer schwindend geringen Wahrscheinlichkeit ausgehen. Am Ende würde es einen gehörnten Ehemann und eine einsame Imogen geben.
Der Tag hatte mit dem Kuss der Geliebten begonnen. Ihr war so leicht ums Herz gewesen, alles schien möglich. Bedenken und Sorgen existierten nicht mehr. Ein Gespräch über Sue und die rosa Wölkchen hatten sich aufgelöst.
Die Nähe eines geliebten Menschen, in den Arm genommen werden, sich leidenschaftlich küssen, all diese Dinge hatte sie vermisst. Bis zu dem Moment, als sich ihre Lippen berührt hatten, war es ihr nicht bewusst gewesen. Zumindest war ihr nicht bewusst gewesen, wie *sehr* sie es vermisste. Jetzt schon und sie wollte die Glückseligkeit, die sie durch die Nähe empfand, nicht wieder verlieren. Auf der anderen Seite war da diese Angst. Die Angst zu leiden, sich zu verlieren, lächerlich zu machen.
Es gab nur einen richtigen Weg für alle Beteiligten. So etwas wie am Morgen durfte nicht mehr geschehen.

Vergangenheit

Der Umstieg auf Tee am Morgen hatte nicht funktioniert. Lilly brauchte zum Wachwerden oder wachbleiben ihren Kaffee. Besonders heute. Sie hatte kaum geschlafen und fühlte sich wie durch die Mangel gedreht. Fragen und Gefühle waren unentwegt durch ihren Kopf gezogen. Zeitweise kam sie sich vor, als sei sie ein Bahnhof, indem im Minutentakt die Züge ein und wieder abfuhren. Erinnerungen an den wundervollen Tag zogen vorbei, dicht gefolgt von der Frage, wie es weitergehen sollte. Immer und immer wieder hatte sie ihre Gefühle für Patrick und für Imogen hinterfragt.
Hatten sie nur eine Ehekrise, die mit viel gutem Willen und Gesprächen überwunden werden konnte?
Egal auf welche Art sie die Frage stellte und beleuchtete, die Antwort war immer dieselbe. Es war keine Krise, die sich wegreden ließ. Es lag nicht an Patrick. Er war, wie er war. Es lag an ihr. Das, was sie hatte, war großartig und viele beneideten sie sicher darum, aber es war nicht das, was sie wollte. Der weiße Gartenzaun, die Hausarbeit, das Lächeln, egal, wie sie sich fühlte, das war sie nicht und sie wollte es auch nicht mehr sein. Wer sie war und was sie wollte, das wusste sie nicht, das musste sie erst

herausfinden. Wobei sie eine Sache ziemlich schnell über sich gelernt hatte. Sie war nicht der Typ für eine Affäre. Es lag nicht daran, dass sie nicht lügen konnte, das hatte sie schon früh gelernt. Ihre Familie legte viel Wert auf den äußeren Schein, was bedeutete, dass lügen zum Alltag gehörte. Eine der ersten Lektionen in Benehmen, gleich nach dem richtigen Gebrauch von Messer, Gabel und Löffel, war Verschwiegenheit gewesen. Was in der Familie geschah, das blieb in der Familie und selbst mit der Familie sprach man nicht darüber.

„Hör auf zu weinen oder tu es irgendwo, wo dich keiner sieht", hatte ihre Mutter ihr gesagt und Lilly war dem Rat gefolgt.

Lilly fragte sich heute noch, ob ihre Eltern von Joanna wussten. Wenn dem so war, dann hatten sie es geflissentlich übersehen oder ignoriert.

Das Lügen-Können sprach nicht gegen eine Affäre, aber ihre Gefühle. Der Abend mit Patrick war merkwürdig gewesen. Es lag nicht an ihrem schlechten Gewissen, denn wenn sie ehrlich war, hatte sie keins. Was sie wiederum an ihren moralischen Tugenden zweifeln ließ. Sie konnte sich nicht erklären, warum ihr Gewissen sie nicht plagte, schließlich aß sie nicht einmal geschenkte Schokolade, die kein Fair Trade Siegel besaß. Die Vorstellung, dass Menschen und Natur ausgebeutet wurden, nur damit sie ein Stück Schokolade essen konnte, nahmen ihr jeglichen Genuss. Mit dieser Überzeugung war sie nicht auf irgendeinen Zug aufgesprungen. Sie hatte bereits auf solche Dinge geachtet, als es noch nicht *In* gewesen war und sie wusste, dass sie viele ihrer

Bekannten damit nervte.
Gewissensbisse plagten sie wegen Menschen und Lebewesen, die sie nicht kannte und die meilenweit entfernt lebten, doch Patrick gegenüber verspürte sie nicht das kleinste Schuldgefühl. Machte sie das nicht zu einem furchtbar schlechten Menschen?
Trotzdem war eine Affäre keine Option für sie. Ihr Gewissen schwieg, dafür gab es da etwas anderes, das ihr zu schaffen machte. Sie wollte niemanden verletzen. Patrick war lieb und nett, er hatte es nicht verdient, hintergangen zu werden. Ebenso, wie es Imogen nicht verdient hatte, ein Geheimnis zu sein. Ein heißes, süßes und prickelndes Geheimnis, aber eben ein Geheimnis.
Lilly hatte die Nacht in ihrem kleinen Reich verbracht. Es hatte sich falsch angefühlt neben Patrick zu liegen, während sie sich zu Imogen wünschte. Zum Glück konnte Patrick nicht bei Licht einschlafen. Wollte Lilly lesen, musste sie ins Wohnzimmer oder ins Gästezimmer ausweichen. Sie hatte sogar ernsthaft versucht zu lesen, doch ihre Gedanken waren immer wieder auf Wanderschaft gegangen. Sie waren durchs Fenster, die Gärten, in Imogens Haus geschwirrt. Schlief sie nackt, schnarchte sie oder brauchte sie ein Kuscheltier?
Es gab viele Dinge, die sie nicht von ihr wusste und doch hatte sie das Gefühl, Imogen zu kennen. Es kam ihr vor, als würde sie sich selbst durch Imogen erkennen können. Das war verrückt, aber genau so fühlte es sich an. Zum ersten Mal seit einer Ewigkeit erkannte sich Lilly.
Manches, was sie sah, verwirrte sie, manches beängstigte sie und manches liebte sie. Sie konnte vor einem anderen

Menschen weinen, das war beängstigend und wunderbar zugleich. Das Chaos, das seit ihrer ersten Begegnung in ihr herrschte, begann sich zu ordnen. Die aufkeimenden Gefühle hatten ihr Angst gemacht, sie war sogar wütend geworden, doch jetzt fragte sie sich, wie sie je ohne die Liebe zu Imogen leben konnte.
Sie war nicht der Typ für eine Affäre, weil es keine Affäre war. Es war Liebe und deswegen würde sie mit Patrick reden.
Als wollte das Universum Lilly auf die Probe stellen, erschien Patrick in der Küche und schnappte sich seinen Thermobecher mit Kaffee.
„Bis heute Abend“, sagte er und gab ihr einen Kuss auf die Wange.
„Patrick!“, rief Lilly, als er schon fast an der Haustür war.
„Ja?“
Lilly blickte ihn an, wollte etwas sagen, doch sie konnte nicht. Auf dem Weg zur Arbeit gesagt zu bekommen, dass man verlassen wird, war einfach nur Mist. Möglicherweise war ihr moralisches Empfinden nicht sehr stark ausgeprägt, aber dermaßen unverantwortlich würde sie nicht handeln. Hinzu kam, dass es auch für sie kein Zuckerschlecken war, ihren Mann zu verlassen.
„Hab einen schönen Tag.“
„Du auch“, entgegnete er stirnrunzelnd.

Imogen hatte die Hoffnung gehabt, dass die Arbeit sie ablenken würde, leider war das nicht der Fall. Die Stunden zogen sich wie Kaugummi. Das Schlimmste war jedoch, dass sie nicht einmal wusste, ob sie nach Hause

wollte. Sie ertrug es nicht in der Galerie zu sein, die Vorstellung, dass es Zuhause plötzlich klingelte und Lilly vor ihr stand, machte sie allerdings ebenso wahnsinnig.
„Ich sollte in ein Kloster gehen“, murmelte Imogen vor sich hin, während sie ein neues Gemälde anstarrte.
„Das sagt man doch üblicherweise, wenn man der Liebe abschwören will. In deinem Fall, mein Herzblatt, halte ich ein dunkles Gemäuer voller Frauen nicht gerade für die beste Lösung.“
„Das war nicht für deine Ohren bestimmt“, sagte Imogen und grinste Tim an.
„Meine Ohren entscheiden selbst, was für sie bestimmt ist und was nicht.“
„Das haben Ohren wohl so an sich. Alles okay bei dir? Ich meine bei deiner Familie?“
„Alles Bestens. Gestern auf Omis 87. Geburtstag waren alle noch recht fit. Vor allem Omi. Sie hat sich doch tatsächlich beschwert, dass es keinen Stripper gab. Ich habe ihr gesagt, den gibt es nur zu runden Geburtstagen. Jetzt erwartete sie zu ihrem 100sten eine Privatvorführung der Chippendales.“
„Und du wusstest erst gestern von der Geburtstagsfeier deiner Oma?“, fragte Imogen irritiert.
„Nein. Normalerweise hat meine Omi jedes Jahr am selben Tag Geburtstag und der ist immer dick mit Leuchtfarbe in meinem Kalender vermerkt. Nicht, dass es notwendig wäre. Ich mag ja vieles vergessen, aber nicht meine herzallerliebste Omi. Aber warum fragst du mich das?“
„Wir wollten gestern auf den Erfolg der Vernissage

anstoßen. Wir heißt; Du, Fatima und ich. Ich hatte es Fatima gegenüber erwähnt und sie wollte das mit dir abklären. Nun ja, sie war da, ich war da, du nicht, weil dir etwas Familiäres dazwischen gekommen sei", erklärte Imogen und ihre Verwirrung schlug dabei in Ärger um.
„Ich habe ihr bereits vor einer Woche von dem Geburtstag erzählt. Ich war nur froh, dass die Vernissage einen Tag vor ihrem Geburtstag stattfindet. Es wäre schlimm für mich gewesen ihn zu verpassen. Süße, ich glaube, da wollte jemand mit dir allein sein."
„Sie hat dich demnach nicht gefragt, ob du Zeit hast?!"
„Nein."
Imogen atmete tief durch und versuchte ihren Ärger herunterzuschlucken. Was hatte sich Fatima nur dabei gedacht? Hatte sie wirklich gelogen, um Imogen diese Zweifel bezüglich Lilly ins Ohr zu setzen? Das durfte doch nicht wahr sein.
„Dir ist klar, warum sie das getan hat?", fragte Tim und riss Imogen aus ihren Gedanken.
„Ich denke schon."
„Bist du dir sicher? Du weißt, dass sie in dich verschossen ist?!"
Imogen blickte Tim an, als wäre er der Osterhase höchst persönlich. Tim kam immer auf Ideen, überall sah er Liebe. Er war ein hoffnungsloser Romantiker und miserabel im Verkuppeln.
„Wir sind gute Freunde und das schon seit vielen Jahren. Du siehst schon wieder Herzchen, wo keine sind."
„Stimmt, ihr seid Freunde und sie scheint diesen Status endlich satt zu haben. Dir kann doch nicht entgangen

sein, wie sie dich ansieht oder wie böse sie deine Bekannte auf der Vernissage angefunkelt hat."

„Setz du mir nicht auch noch einen Floh ins Ohr, langsam brauche ich ein Flohhalsband. Ich habe gar nichts gemerkt. Ich bin mir allerdings sicher, dass ich etwas gemerkt hätte, wenn da etwas wäre", sagte Imogen und spürte im selben Augenblick, dass sie nicht die Wahrheit sagte.

„Was wird das? Ein Kaffeekränzchen oder eine Diskussion über unsere neuen Meisterwerke?", fragte Fatima und lächelte die beiden an.

Tim lächelte zurück, doch Imogen konnte ihre Gesichtszüge nicht dazu bewegen, etwas anderes als Bestürzung auszudrücken.

„Ich habe noch Bürokram zu erledigen. Bitte hängt die restlichen Bilder ohne mich auf", sagte Imogen und ging.

„Was war das denn für ein Abgang?", fragte Fatima, obwohl sie es sich denken konnte.

„Du hast es doch gehört, sie hat noch Bürokram zu erledigen."

Noch bevor Fatima etwas erwidern konnte, kündete das leise Klingeln der Türglocke von einem potenziellen Kunden.

„Kundschaft", sagte Tim und eilte zur Tür.

Danke lieber Gott, sagte er in Gedanken mit nach oben gerichtetem Blick. Nach Beziehungsdrama war ihm überhaupt nicht zumute und da kam ihm die Ablenkung gerade recht. Ob Kunde, jemand der sich vor dem Regen in Sicherheit bringen wollte oder ein Kunsträuber, Tim war einfach nur dankbar, bis er die Person erblickte.

„Schön dich zu sehen Tom."
„Tim!"
„Richtig. Entschuldige bitte, Namen waren nie meine Stärke. Ist Imogen da?"
„In ihrem Büro", sagte Tim und wollte seine Antwort sofort zurücknehmen, doch für eine neue, wohlüberlegte Antwort blieb keine Zeit.
Fatima trat zu Tim und blickte der Frau nach, die vor Imogens Büro stehen geblieben war. Es dauerte ein paar Sekunden, bis ihr bewusst wurde, was oder besser wen sie da sah.
„Ist das …"
„Ja. Das ist Sie!", sagte Tim, noch bevor Fatima ausgesprochen hatte.

Es gab nur eine Lösung, entschied Imogen, sich von Menschen fernhalten. Tim lag vielleicht gar nicht so falsch mit seinen Beobachtungen. Da waren ein paar Situationen gewesen, in denen sich Fatima komisch verhalten hatte. Dann dieses Gespräch, ob aus Freundschaft nicht auch eine Beziehung werden konnte. Natürlich war ihr das komisch vorgekommen und deswegen hatte sie dermaßen abweisend reagiert. Möglicherweise war es aber auch nur Unsinn. Tim irrte sich und Imogen reagierte momentan sehr sensibel. Rein hypothetisch, Tim lag mit seiner Vermutung nicht daneben, dann bekamen die besorgten Worte von Fatima einen völlig anderen Sinn.
Das war doch verrückt. Da war Lilly, die sie liebte, aber nicht haben konnte. Und dann Fatima, die sie haben

konnte, aber nicht auf diese Weise liebte. Imogen fühlte sich mit diesen möglichen Tatsachen überfordert. Ihr setzte die Geschichte mit Lilly emotional schon genug zu, da brauchte sie nicht noch eine verliebte Freundin.
„Was kommt als nächstes, steht Sue plötzlich vor der Tür?!“, sagte Imogen, lehnte sich in ihrem Stuhl zurück und starrte zur Decke.
Als es klopfte, glaubte sie zuerst, dass ihre Phantasie ihr einen Streich spielen wollte. Beim zweiten Klopfen verwarf sie den Gedanken, trotzdem beschleunigte ihr Herz seinen Schlag.
„Herein!“
Die Tür öffnete sich und Imogens Herz verfehlte einen Schlag, um direkt ins Rasen zu verfallen. Das konnte nur ein schlechter Scherz oder ein Nervenzusammenbruch sein.
„Susan?“
„Ich hasse es, wenn man mich so nennt, das weißt du doch. Dann habe ich sofort die Stimme meiner Mutter im Kopf, die mir irgendwelche Strafen aufbrummen will. Immer noch Sue für dich.“

Susan

Manche Sprichwörter stellten für Lilly ein großes Rätsel dar. Sie hatte nie begriffen, warum es “Sie hat Hummeln im Hintern“ hieß. Sie verstand den Sinn, die Metapher für Unruhe, doch sie hatte es nicht nachempfinden können. Nervosität war für sie kein unbekanntes Gefühl, allerdings hätte sie es nie mit Insekten, die in ihren Körper rumkrabbeln, verglichen. Jetzt war das anders. Ein Kribbeln und Krabbeln war durch ihren Körper, durch ihre Organe gezogen. Sie hatte keine fünf Minuten stillsitzen können. Die Konzentration auf eine Tätigkeit hielt nur für Augenblicke. Sie musste mit jemanden reden. Patrick würde wahrscheinlich erst spät nach Hause kommen. Mit einer Freundin zu sprechen, war ihr nicht ernsthaft in den Sinn gekommen. So eine Art von Freundschaft führte sie nicht, mit niemandem. *Bekannte* war das treffendere Wort für die Menschen, mit denen sie sich traf und etwas unternahm. Zu Freunden hatte man normalerweise Vertrauen. Man fühlte sich sicher und gut aufgehoben mit seinen Gefühlen und Gedanken. Sie konnte sich nicht vorstellen, dass auch nur eine Einzige ihrer Bekannten Verständnis hätte oder zumindest

tolerant reagieren würde. Wirklich entscheidend war jedoch nicht der Mangel an Vertrauen oder Freundschaften, sondern die Überzeugung, dass es Dinge gab, die man zuerst mit den Betroffenen besprach. Mit dieser Einstellung war es wenig verwunderlich, dass sich Lilly auf dem Weg zu Imogen befand.
Sie wusste nicht genau, wie lange die Galerie geöffnet hatte. Oder, ob Imogen überhaupt die Zeit für ein Gespräch fand, aber sie musste es probieren. Als sie die Wagenschlüssel genommen hatte und ins Auto gestiegen war, hielt sie es für eine hervorragende Idee. Mittlerweile kamen ihr Zweifel. Was, wenn Imogen überhaupt nicht begeistert war von der Eröffnung, dass sie Patrick verlassen wollte? Imogen hatte zwar gesagt, dass sie keine Affäre wolle und verliebt sei, allerdings musste das noch nichts bedeuten. Seit dem gestrigen Tag konnten sich ihre Gefühle verändert haben.
Eigentlich waren das nur vorgeschobene Ängste. Der Gedanke, alles aufzugeben und neu anzufangen, machte Lilly Angst. Sie stand davor eine Entscheidung zu treffen, die sie nicht rückgängig machen konnte. War sie dazu wirklich bereit?
Bereit war sie vielleicht nicht, doch sie musste es tun. Endlich fühlte sie sich wieder lebendig, konnte atmen. Sie tat wieder Dinge mit Freude und nicht aus Routine. Es reichte ihr nicht mehr, nur die Retterin der alten, nicht passenden Möbel zu sein.

„Ich kann nicht glauben, dass sie nach alle dem, was geschehen ist, hier auftaucht. In diesen unglaublichen

Schuhen", sagte Tim und starrte fast ein Loch in die Bürotür.
„Und ich kann nicht fassen, dass du sie in Imogens Büro geschickt hast!", erwiderte Fatima zornig.
„Sie hat mich überrumpelt. Außerdem gehört das Lügen nicht zu meinen Stärken. Dafür bin ich zu wohlerzogen."
Fatima konnte nicht glauben, dass sie auf einmal nicht nur gegen die Gegenwart, in Form von Lilly, sondern auch gegen die Vergangenheit ankämpfen musste. Lilly abzusägen war eine kleine Herausforderung, jedoch nicht unmöglich. Sie war sich sogar ziemlich sicher, dass Imogen langsam Zweifel kamen. Gegen Sue anzutreten, bedeutete gegen Windmühlen zu kämpfen. Diese Frau war ein Vampir, der sein Opfer aussaugte und gleichzeitig zu seinem Sklaven machte. Imogen befand sich in einem emotional instabilen Zustand, das hatte sie bei dem Gespräch im Pub herausgehört. So schlimm es auch war, eigentlich hatte Fatima das ausnutzen wollen. Sue musste einen sechsten Sinn für solche Situationen besitzen. Gegen die Meisterin der Manipulation hatte Fatima keine Chance. Wieder einmal war sie auf die Reservebank verbannt worden und durfte sich in Geduld üben.
„Ich könnte reingehen und sie fragen, ob sie etwas zu trinken haben möchten", sagte Tim und drehte an seinem Ring, wie er es immer tat, wenn er laut nachdachte.
„Und was soll das bringen?"
„Weiß ich doch auch nicht! Möglicherweise bricht das den Bann und Imogen kann fliehen."
„Du klingst, als würde sie von einer bösen Hexe bedroht."

Tim wandte sich zu Fatima um und zog die linke Augenbraue hoch. Ihre Worte überraschten ihn, denn wenn eine wusste, dass sie es hier mit einer Hexe zu tun hatten, dann doch wohl Fatima und das meinte er keineswegs metaphorisch. Als Imogen und Sue ein Paar waren, hatte sich Fatima den Knöchel verstaucht, den Kopf geprellt und eine fette Erkältung bekommen und zwar jedes Mal, wenn sie sich privat mit Imogen treffen wollte.
„Zweifelst du etwa daran? Du erinnerst dich aber schon noch, wie lädiert du nach den Versuchen warst, dich mit Imogen zu treffen?"
„Ich glaube nicht an so etwas. Das waren alles dumme Zufälle", sagte Fatima und verschränkte die Arme vor der Brust.
„Bitte, wenn du meinst."
„Entschuldigung", sagte Lilly, während sie Tim auf die Schulter tippte und der vor Schreck zusammenfuhr.
„Das tut mir leid, ich wollte nicht stören oder jemanden erschrecken. Ich möchte gerne zu Imogen, ist sie da?"
Die Stecknadel fiel in Zeitlupe und machte einen Höllenlärm, als sie auf dem Boden aufkam, so still war es. Tim wusste zwar nicht, was zwischen dieser Frau und Imogen lief, aber er hatte auf der Vernissage gemerkt, dass da etwas lief. In welcher Beziehung sie auch immer zueinander stehen mochten, der Anblick von Sue würde sicher zu Spannungen führen. Wo Sue auftauchte, gab es immer Spannungen.
In Fatimas Kopf jagten sich die Gedanken und Möglichkeiten. Mit Sues Erscheinen hatte sich die Anzahl

der Nebenbuhlerinnen verdoppelt, was nicht nur ärgerlich, sondern auch entmutigend war, doch jetzt sah sie die Möglichkeit das Blatt zu wenden. Bei Sue musste sie auf Zeit spielen, um Lilly aus dem Rennen zu schmeißen, bedurfte es nur eines kleinen Satzes.
„Imogen ist in ihrem Büro. Ich würde da allerdings nicht reingehen“, sagte Fatima und grinste Lilly mit unverhohlener Häme an.
Diesen Satz kannte Lilly aus Filmen und er bedeutete stets das Gleiche. Erst kam der wohlgemeinte oder auch nicht ganz so wohlgemeinte Rat, einen gewissen Ort zu meiden. Dann setzte sich die Person, die den Rat bekommen hatte, in Bewegung. An ihrem Gesicht konnte man erkennen, dass sie ahnte, was auf sie zukam. Auf Lillys Gesicht zeigte sich ebenjene Befürchtung, ihr Atem kam in kurzen schnellen Zügen. Ihr Magen verkrampfte sich und der Weg zum Büro schien immer länger zu werden. Nach gefühlten hundert Meilen stand sie endlich vor der Tür, streckte die zitternde Hand aus und drückte die Klinke herunter.
Die Szene hinter der Tür entsprach genau den Erwartungen, die auf solch einen Satz folgten. Da standen sie. Imogen hatte die Augen geschlossen, ihr Kinn ruhte, während einer innigen Umarmung, auf der Schulter einer Unbekannten. Die schwarzen Haare der Fremden fielen gleich einem Wasserfall in sanften Wellen über ihren Rücken. Ein enger mittellanger Rock, mit einem fast schon anrüchigen Schlitz an der Seite, betonte ihren wohlgeformten Po und ihre schlanken Fesseln. Sie musste ungefähr so groß sein wie Lilly, ohne Schuhe. Doch

steckten ihre Füße in knallroten Pumps, die sie gut 10 cm größer erscheinen ließen und nebenbei auch noch zur Selbstverteidigung eingesetzt werden konnten.
Imogen öffnete die Augen und brauchte einige Sekunden, um zu verstehen, was sie sah. Da stand Lilly. Kein Zweifel, in der Tür stand Lilly und ihr Gesichtsausdruck ging weit über Entsetzen hinaus.
„Lilly!“, sagte Imogen, während sie die Umarmung löste.
Lilly wollte etwas erwidern. Sie wollte schreien oder einen ironisch pointierten Spruch bringen, doch sie konnte nicht. Plötzlich befiel Panik ihre Kehle und schnürte sie zu. In ihrem Kopf herrschte Ebbe. Sie drehte sich um und lief zum Ausgang.
„Scheiße!“, rief Imogen und rannte Lilly hinterher.

Kopflos eilte Lilly nach rechts, bis sie erkannte, dass es die falsche Richtung war, ihr Auto parkte links von der Galerie. Sie machte kehrt und lief Imogen direkt in die Arme. Das Letzte, was sie im Moment wollte, war mit Imogen zu sprechen. Gespräche in einer emotional angespannten Atmosphäre hatten keinen Sinn, sie führten nur zu noch mehr Emotionen und manchmal zu kaputten Tellern.
„Ich will nicht mit dir reden“, sagte Lilly und versuchte an Imogen vorbeizugehen.
„Lilly! Bleib stehen! Das war nur eine Umarmung!“, erwiderte Imogen und verstellte ihr den Weg.
Sex auf dem Schreibtisch war es nicht gewesen, aber mehr als nur eine Umarmung. Die Beiden hatten sich in den Armen gelegen und Imogen hatte es genossen, daran

gab es für Lilly keinen Zweifel.
Sie kam sich furchtbar dumm vor. Wie hatte sie ihr Herz jemanden schenken können, den sie überhaupt nicht kannte. Es war albern gewesen zu glauben, dass sie die Liebe gefunden hatte. Das eigentlich Schmerzhafte an der Situation war ihre Intention, mit der sie zu Imogen gefahren war.
Ich liebe dich! Ich will mit dir zusammen sein. Offiziell zusammen sein, als Paar.
„Ich weiß nicht, was du glaubst gesehen zu haben, aber es war nur eine Umarmung!“
„Das war mehr. Du hattest einen verdammt glückseligen Gesichtsausdruck, als du die Arme um…“, brach Lilly den Satz ab, dachte nach und fragte dann, „wer ist sie überhaupt?“
Unwillkürlich wanderte Imogens Blick zu Boden. Sie fühlte sich unwohl dabei die Frage zu beantworten, was völliger Unsinn war. Schließlich kam es vor, dass man Menschen aus seiner Vergangenheit traf. Nur weil sie sich mit ihrer Ex-Freundin umarmt hatte, war da nichts Verwerfliches dran. Das war kein Grund für ein schlechtes Gewissen, trotzdem piekte es sie.
„Was? Ist das ein Staatsgeheimnis? Ist sie verwandt mit dem Königshaus?“
„Nein, es ist kein Geheimnis. Das ist Sue.“
Der Boden tat sich auf und verschlang Lilly. Vielleicht hatten sich ihre Beine auch nur in Pudding verwandelt. Ungekochten Pudding. Scheinbar bemerkte ihre Umgebung von diesen Schwierigkeiten bezüglich ihrer Standfestigkeit nichts, was nur bedeuten konnte, dass sie

nicht dabei war auf ihrem Po zu landen.
„Es ist wirklich nichts gewesen. Sue ist gekommen, um sich für ihr Verhalten von damals zu entschuldigen. Sie hat gesagt, dass sie das Ende unserer Beziehung schrecklich fand und es sie die ganze Zeit bedrückt hat."
„Bullshit!", rief Lilly.
„Bitte was?", fragte Imogen und glaubte ihren Ohren nicht trauen zu können.
„Reue nach fast 2 Jahren? Okay, manchmal traut man sich nicht und verpasst deswegen den richtigen Moment, dann kann eine Entschuldigung oder Aussprache ein paar Jahre auf sich warten lassen. Eine Frau mit knallroten Schuhen, die eher Mordwerkzeuge sind, hat dieses Problem mit der Unsicherheit bestimmt nicht", sagte Lilly und schnaufte wütend.
„Du weißt doch überhaupt nichts über Sue. Nach außen mag sie diesen starken, selbstbewussten Eindruck vermitteln, in ihrer Seele leben hingegen die gleichen Unsicherheiten wie bei den meisten Menschen", entgegnete Imogen verärgert.
„Du hast Recht, ich kenne sie nicht. Ich weiß nur, was du mir erzählt hast und das klang nicht danach, als gehörte sie zu den Menschen, die sich groß Gedanken um andere machen."
„Lassen wir Sue mal beiseite. Tatsache ist, ich habe eine Frau umarmt. Warum habe ich das getan? Als Zeichen des Friedens und der Freundschaft. Mehr nicht. Du siehst das und machst einen Aufstand, als hätte mein Gesicht zwischen ihren Brüsten gesteckt. Selbst, wenn es so gewesen wäre, bist du wohl kaum in der Position mit

Steinen zu werfen."
„Was willst du damit sagen?"
„Gestern, nach unserem Schäferstündchen, wo bist du da hingegangen? Du bist nach Hause gegangen, zu deinen Mann! Ich darf nicht einmal eine alte Freundin umarmen, du darfst dir aber das Bett mit deinem Mann teilen?"
„Nur zu deiner Information, ich habe gestern nicht im Ehebett geschlafen. Ich habe die ganze Nacht nachgedacht und eine Entscheidung getroffen. Eigentlich bin ich zu dir gekommen, um dir mitzuteilen, dass ich Patrick verlassen werde."
Mit großen Augen und ungläubigem Blick starrte Imogen Lilly an. War das ein schlechter Scherz oder ein extrem perfider Konter?
„Ich weiß nicht, was ich dazu sagen soll. Irgendwie scheint mir das kein Thema zu sein, das man zwischen Tür und Angel besprechen kann oder sollte."
„Verstehe, das ist kein Thema für nebenbei, eine Entschuldigung von der Ex allerdings schon. Das ist ja in fünf Minuten geklärt."
„Du weißt, dass du Unsinn redest?", fragte Imogen sauer.
„Jetzt rede ich auch noch Unsinn. Das wird ja immer besser", erwiderte Lilly wütend.
Imogen öffnete den Mund, schloss ihn wieder und atmete tief durch. Sie drehten sich im Kreis. Auf diese Weise war ein vernünftiges Gespräch nicht möglich. Blödsinnige Vorwürfe führten zu noch blödsinnigeren Vorwürfen. Das Ganze diente nicht dazu, eine Situation zu klären, sondern nur zum Dampf ablassen. Bei solchen Gesprächen, wenn man sie denn so nennen konnte,

wurden Dinge gesagt, die man hinterher bereute, jedoch nicht wieder zurücknehmen konnte. Imogen war nicht bereit, es dazu kommen zu lassen. Sie griff in ihre Hosentasche, zog den Hausschlüssel heraus und drückte ihn Lilly in die Hand.
„Fahr zu mir und warte da auf mich. Ich werde Feierabend machen und komme dann sofort."
Lilly blickte auf den Schlüssel in ihrer Hand, überlegte kurz und nickte dann. Sich auf der Straße anzubrüllen war nicht die beste Idee, schließlich ging es hier um etwas sehr Privates und nicht um ein Laientheater-Stück.
„Okay", sagte Lilly und wandte sich zum Gehen.
„Fahr bitte vorsichtig", sagte Imogen, doch Lilly reagierte nicht, sie lief stur geradeaus blickend die Straße entlang. Ein wenig fassungslos stand Imogen da und blickte Lilly hinterher, bis sie ihr Auto erreicht hatte. So einen merkwürdigen, geradezu absurden Tag hatte sie noch nie erlebt. War Vollmond? Stand die Venus irgendwie schief zum Mars oder warum benahmen sich alle dermaßen irrsinnig?
Weder wollte Imogen zurück in die Galerie, wo Fatima und möglicherweis auch noch Sue warteten, noch wollte sie nach Hause, um sich mit Lilly auszusprechen. Am liebsten hätte sie sich irgendwo verkrochen, weitab von allen Menschen. Leider fiel ihr kein passender Ort ein, also machte sie sich auf den Rückweg zur Galerie.
Sue stand bereits vor der Tür und blickte in Imogens Richtung. Ihrem Gesichtsausdruck nach zu urteilen, hatte sie die Szene zwischen den beiden Frauen beobachtet. Ihr Lächeln drückte Verständnis aus, doch in ihren Augen

funkelte pures Vergnügen.
„Ärger im Paradies?“, fragte Sue, als Imogen neben ihr stehen blieb.
„Kann man so nicht sagen.“
„Pass auf, hier ist meine Karte. Wenn du jemanden zum Reden brauchst, dann ruf mich unter der Nummer an“, sagte Sue und reichte Imogen eine kleine, schwarze Visitenkarte mit goldener Schrift.
„Ich weiß nicht, ob das eine gute Idee ist“, erwiderte Imogen und strich mit dem Daumen über die Prägung.
„Sei nicht albern. Vor ein paar Minuten hast du meine Entschuldigung angenommen und mir versichert, zwischen uns sei alles geklärt. Wenn das der Wahrheit entspricht, dann kann ich dir auch einen Freundschaftsdienst anbieten, den du ohne Bedenken annehmen kannst.“
„Ich werde darüber nachdenken.“
„Nicht denken, handeln“, sagte Sue, beugte sich vor, küsste Imogen auf die Wange und ging ohne ein weiteres Wort.

Schluss

Lilly hasste es zu warten. Die Gedanken liefen Amok und man konnte nichts dagegen tun. Womit hätte sie sich beschäftigen sollen in Imogens Wohnung? Aufräumen, spülen, fernsehen? Aufzuräumen, wäre mehr als seltsam. Das galt auch für das Spülen. Den Fernseher hatte sie zwar entdeckt, nur fehlte jede Spur von der Fernbedienung. Zumindest war sie so frei gewesen und hatte sich einen Tee gemacht. Seit ihrer Kindheit versuchte man sie mit Tee zu beruhigen. Später dann versuchte sie sich selbst mit Tee zu beruhigen. In jedem englischen Film oder Buch kam die beruhigende Wirkung des Tees vor, doch schien sie dagegen immun zu sein. Tapfer würde sie es trotzdem weiter probieren.
Es war womöglich etwas überstürzt gewesen, Imogen in der Galerie aufzusuchen. Was hatte sie sich eigentlich dabei gedacht? Sie hatte überhaupt nicht gedacht, sie hatte nur gefühlt. Die Gefühle waren dermaßen übermächtig gewesen, dass es ihr nicht möglich gewesen war, sie zurückzuhalten, sie in sich einzusperren. Lilly hatte sie herauslassen müssen und da war Imogen die vernünftigste Wahl unter lauter unvernünftigen Optionen

gewesen. Das würde sie Imogen gegenüber allerdings nicht zugeben. Jedenfalls nicht solange sie einen gravierenden Unterschied zwischen ihr und Sue machte. Ob Entscheidung oder Entschuldigung, mit beidem belästigte man niemanden auf seiner Arbeit, außer sie gehörte zur Arbeit.

Sue!

Wo kam sie plötzlich her und was noch viel wichtiger war, was wollte sie wirklich von Imogen? Hatte sie etwa ihren Ehemann verlassen und wollte nun die Beziehung zu Imogen wieder neu beleben? War sie noch mit ihrem Mann zusammen und wollte trotzdem die Beziehung wieder neu beleben? Die Nummer mit der Entschuldigung glaubte sie ihr auf keinen Fall. Menschen änderten sich, sie machten Fehler und bereuten sie. Das kam vor. Doch ihr Gefühl sagte ihr, dass Sue nicht diese Art von Mensch war. Was Sue wirklich bezweckte, spielte eigentlich überhaupt keine Rolle, die entscheidende Frage war, was wollte Imogen glauben?

Hatte Imogen noch Gefühle für ihre Ex? Tief in ihrem Herzen hatte sie vielleicht nur auf diese Geste gewartet. Wenn man jemanden immer noch liebte, konnte man darüber nicht hinweggehen als sei nichts gewesen.

Bevor sich Lilly noch weiter in diese Gedanken verbeißen konnte, klopfte es leise an der Terrassentür. Lillys Herz schlug mit jedem Schritt, mit dem sie sich der Tür näherte, schneller. Imogen hatte die Fahrt über Zeit gehabt nachzudenken. Sue hatte sicher die Gelegenheit genutzt, um ihr noch etwas zu sagen. Wie also würde dieses Gespräch ausgehen?

Während Lilly die Hand ausstreckte, verspürte sie den brennenden Wunsch das Gespräch sausen zu lassen. Solange sie nicht wusste, ob Imogen mit ihr zusammen sein wollte, hatte sie immerhin eine Illusion, an die sie sich klammern konnte.

„Bist du schon lange hier?“, fragte Imogen, als sie ins Wohnzimmer trat.

Die Frage war überflüssig, doch eine bessere wollte ihr nicht einfallen. Irgendetwas musste sie sagen, etwas Unverfängliches, damit die Wogen nicht sofort wieder hochschlugen.

„Nein. Ich habe mir einen Tee gemacht. Ich hoffe, das war okay.“

„Aber natürlich. Ich mach mir auch einen und dann sollten wir in Ruhe reden.“

„Ohne, dass ich laut werde“, sagte Lilly und lächelte zaghaft.

Imogen lächelte ebenso verhalten zurück und verschwand in der Küche. Die Situation war überaus unangenehm. Eine leise Stimme in Lilly Kopf flüsterte, dass immer noch Zeit sei, um wegzulaufen. Wären ihre Beine nicht schon wieder zu ungekochtem Pudding geworden, wäre sie dem diabolischen Rat auch gefolgt. Statt wegzulaufen, setzte sie sich aufs Sofa, stellte den Tee vor sich auf den Tisch und schnappte sich ein Kissen, das sie fest an sich drückte. Sie brauchte etwas, an dem sie sich festhalten oder hinter dem sie sich verstecken konnte.

Dampf stieg von Imogens Tasse auf, als sie ins Wohnzimmer kam und neben Lilly Platz nahm. Sie hatte einen gewissen Abstand zwischen ihnen gelassen, damit

sie sich ansehen konnten. Imogen empfand es als angenehmer, wenn sie ihrem Gesprächspartner ins Gesicht sehen konnte. Auf diese Art war es möglich, wenn man sich selbst unter Kontrolle hatte, Warnsignale schneller wahrzunehmen und zu reagieren.
„Hast du dich noch von Sue verabschiedet?“, kaum hatte Lilly die Frage gestellt, wünschte sie, es nicht getan zu haben. Das war mit Abstand der schlechteste Einstieg, den sie für das Gespräch wählen konnte. Noch überzogener wäre es nur gewesen, wenn sie direkt ein paar Teller an die Wand geworfen hätte.
Gut, dass ich die Wogen glatt halten wollte, dachte Imogen und verbrühte sich prompt die Lippen, als sie an ihrem Tee nippte.
„Willst du wirklich über Sue sprechen? Wäre es nicht besser, wenn du mir in Ruhe erklärst, was du damit gemeint hast, dass du dich von deinem Mann trennen willst?“, fragte Imogen mit fast schon übertrieben sanfter Stimme.
„Möglicherweise neige ich bei dir dazu aufzubrausen, aber du muss nicht in jedem Satz das Wort *Ruhe* einbauen, um mich daraufhin zu weisen, ruhig zu bleiben. Du hast Recht, es geht nicht um Sue, hoffe ich jedenfalls. Ich habe dir nach unserem ersten Kuss bereits gesagt, dass ich in dich verliebt bin und … Ich kann keine Affäre mit dir haben. Für so etwas bin ich nicht der Typ. Ich liebe dich und ich will mit dir zusammen sein“, erklärte Lilly und hoffte inständig, dass das Pieken in ihrem Arm von der verkrampften Haltung kam, in der sie saß und keinen Herzinfarkt ankündigte. Ihr Herz war dermaßen am

Rasen, dass sie sich langsam wirklich Sorgen machte.
„Das ist … Ich weiß nicht, was ich dazu sagen soll.“
Einem Impuls folgend beugte sich Lilly nach vorn und küsste Imogen. So überrascht sie auch war, folgten Imogens Lippen und dann ihre Zunge denen von Lilly. Ihre Hände folgten dem Spiel der Leidenschaft, strichen über Lillys Rücken und zogen sie näher an sich heran. Das war viel besser als Diskutieren oder Streiten, doch es würde sie nicht weiterbringen. Lilly wusste es und Imogen wusste es auch, doch Lilly verdrängte, während Imogens Verstand langsam die Oberhand gewann. Sanft schob sie Lilly von sich weg.
„Das bringt uns nicht weiter“, sagte Imogen und verfluchte den Teil ihres Selbst, der neuerdings darauf bestand, vernünftig zu sein.
„Was denkst du, bringt uns dann weiter?“
„Du sagst mir mitten auf der Straße, dass du deinen Mann verlassen willst, darüber sollten wir reden. Das kommt so überraschend.“
Ein Kloß bildete sich in Lillys Hals und schnürte ihr die Luft ab. War sie wirklich so dumm gewesen und auf eine Masche hereingefallen?
„Hast du mir nur etwas vorgespielt? War das eine Masche, um mich rumzubekommen?“
„Ich verstehe nicht ganz, was du damit andeuten willst.“
„Du hast gesagt, du willst nichts mit mir anfangen, weil du kein Geheimnis sein willst. Das klingt natürlich total gut und öffnet wahrscheinlich viele Beine“, sagte Lilly wütend.
„Du bist verrückt, das würde ich nie tun. Alles, was

geschehen ist, ging von dir aus. Hältst du mich wirklich für ein böses Genie, das dich dermaßen genial manipuliert? Du machst den ersten Schritt, aber eigentlich habe ich dich dazu gebracht? So einen Unsinn kannst du nicht denken", sagte Imogen entrüstet.
Lilly konnte schon, sie sollte es allerdings nicht, weil es ziemlich an den Haaren herbeigezogen war, das wurde ihr jetzt auch bewusst. Aber wie sollte sie sich in dieser Situation verhalten? Nichts lief so, wie sie es sich gedacht hatte. Dass Patrick auf die Eröffnung nicht gut reagieren würde, damit rechnete sie, doch von Imogen hatte sie Tränen, eine Umarmung und Freude erwartet, keine distanzierten Fragen.
„Natürlich ist das Unsinn. Ganz ehrlich Imogen, was soll ich denn glauben? Ich sage dir, dass ich offiziell mit dir zusammen sein will und du bist dermaßen abweisend."
„Ich bin nicht abweisend, ich bin überrascht. Was willst du von mir hören?", fragte Imogen mit einem Hauch Verzweiflung in der Stimme.
„Sag mir, dass du mich liebst", flüsterte Lilly mit gebrochener Stimme.
„Das habe ich doch schon!", erwiderte Imogen.
„Du hast gesagt, dass du in mich verliebt bist und das in einem Monolog über deine Gefühle. Das ist nicht dasselbe wie ICH LIEBE DICH. Sag mir, dass du mich liebst!"
„Warum?"
„Weil ich bereit bin alles für dich aufzugeben. Ich finde, dann sollte ich zumindest die Sicherheit haben, dass du mich liebst", erklärte Lilly, während ihre Stimme mit

jedem Satz fester und lauter wurde.
Imogen konnte nicht glauben, was sie da gerade hörte. Das war es demnach gewesen, was sie die ganze Zeit gestört hatte, abgesehen von einem schlechten Gewissen. Es war keine besonders angenehme Vorstellung, dass man eine Ehe zerstört hatte. Lilly durfte nicht wegen ihr alles aufgeben, das war nicht richtig. Sie stürzte sich Hals über Kopf in etwas, dass sie morgen bereits bereuen konnte.
Nur zu gern würde sie Lilly die Worte sagen, die sie so eindringlich forderte. Imogen sehnte sich danach ihr Leben mit Lilly zu teilen, sie jeden Tag zu sehen, sie für immer zu lieben, doch wie sollte das funktionieren?
„Denkst du etwa, das will ich? Glaubst du wirklich, ich würde jetzt noch sagen, was ich empfinde?“
„Was soll das bedeuten?“, fragte Lilly und in ihrer Stimme schwang Verzweiflung mit.
„Hast du dir gerade selbst nicht zugehört? Alles für mich aufgeben! Wo würde das hinführen? Wenn der Rausch der Verliebtheit abgeklungen ist und der Alltag einkehrt, dann fängst du an, all das zu vermissen, was du für mich aufgegeben hast. Was wird dann geschehen? Du fängst an, mich zu hassen. Gerade, weil ich dich liebe, würde ich das nie von dir verlangen. Ändere dein Leben, dich, deine Frisur, aber nur aus einem Grund. Weil du es willst.“
Wut stieg in Lilly auf. Wie konnte Imogen nur so grausam sein? Selbstverständlich tat sie es, weil sie es wollte. Sie war unglücklich, sie lebte eine Lüge und das wollte sie nicht mehr. Hielt Imogen sie wirklich für dermaßen charakterschwach oder naiv? Natürlich war das ein großer

Schritt und natürlich würde es schwer werden, aber sie war dazu bereit. Imogen schien dafür hingegen nicht bereit zu sein.
Von Sekunde zu Sekunde kam sie sich dümmer vor. Sie hatte geglaubt in Imogen jemanden gefunden zu haben, der sie verstand. Doch nein, auch sie behandelte Lilly, als sei sie ein Kind, das keine Entscheidungen treffen konnte.
„Du hast gesagt, dass du nicht mit mir zusammen sein kannst, weil ich verheiratet bin. Ich habe dir vom ersten Kuss an gesagt, dass ich Patrick für dich verlassen werde, was du damals ja nicht hören wolltest. Jetzt tue ich genau das, was du wolltest und es ist immer noch nicht richtig?“, sagte Lilly erbost und stand auf.
Imogen tat es ihr gleich, stand ebenfalls auf und packte Lillys Schultern. Zwar hätte sie Lilly gerne kräftig geschüttelt, doch der eigentliche Grund fürs Festhalten lag darin, sie vom Weglaufen abzuhalten
„Ich will nicht, dass du irgendetwas von alle dem für MICH tust“, sagte Imogen energisch.
„Ohne dich wäre ich doch nie auf die Idee gekommen alles hinzuschmeißen.“
„Lilly, das kann ich nicht verantworten. Was ist, wenn du in einem Monat Sehnsucht nach der perfekten Edelstahlküche bekommst? Was ist mit Kindern? Ihr hattet bereits deinen Babybauch geplant. Dir ist hoffentlich bewusst, dass ich dich nicht schwängern kann. Was ist, wenn du anfängst Patrick zu vermissen? Ihr habt schließlich nicht aus Spaß an der Freude geheiratet. Ihr habt euch geliebt. Vielleicht liebst du ihn immer noch und

ihr macht nur eine schwierige Phase durch."
„Bist du sicher, dass Sue dich verlassen hat? Du sagst, du wünschst dir eine feste Beziehung, einen gemeinsamen Alltag, doch jetzt gerade kommt es mir vor, als sei das nicht der Fall. Ziehst du möglicherweise Affären an, weil du nichts anderes willst? Sicher, dass Sue gesagt hat, sie will ihren Mann nicht verlassen? Oder wollte sie und du kamst ihr mit diesem Bockmist?"
Das hatte gesessen. Eine Ohrfeige wäre nicht dermaßen schmerzhaft gewesen und leichter zu verzeihen. Sie hatte all die Dinge aus Liebe zu Lilly gesagt. Wenn man jemanden liebte, dann wollte man nur eins, dass die Person glücklich war. Lillys Worte hingegen sollten verletzen und das taten sie. Imogen ließ Lillys Schultern los, machte zwei Schritte zurück und senkte den Blick.
„Es tut mir leid, das war gemein", sagte Lilly, streckte die Hand nach Imogen aus, doch diese wich der wohlgemeinten Berührung aus.
„Imogen, ich wollte nicht … Ich bin verzweifelt. Dieses Gespräch verläuft kein Stück so, wie ich es mir erhofft hatte. Das, was du sagst, macht mir Angst. Es klingt, als machst du mit mir Schluss, noch bevor unsere Beziehung richtig angefangen hat."
Für einen Moment schloss Imogen die Augen, atmete tief durch und hob dann den Kopf. Die Realität schien um Lilly zu zerbrechen. Eine verzweifelte Stimme in ihrem Kopf forderte sie auf, zu sprechen, es gerade zu biegen, doch sie konnte nicht. Vielleicht weil sie tief in ihrem Inneren wusste, dass Imogen Recht hatte. Vielleicht, weil die Angst ihr die Stimme raubte.

„Ich will eine Beziehung mit dir, aber nicht so und nicht jetzt. Du musst dir erst einmal sicher sein, was du willst. Du kannst nicht dein Leben umkrempeln für jemanden, den du gar nicht richtig kennst."
Unzählige Argumente strömten durch Imogens Kopf, doch sie brachte kein weiteres Wort heraus. Ihr Herz bekam, was ihr Herz begehrte. Ihr Verstand stellte sich jedoch dazwischen und leider hatte ihr Verstand Recht. Egal, wie sehr sie sich das herbeigesehnt hatte, sie durfte nicht zulassen, dass Lilly möglicherweise in ihr Unglück lief.
„Wie soll es jetzt weitergehen?", fragte Lilly und kämpfte gegen die Tränen an.
„Wir sollten uns erst einmal nicht sehen. Wir wissen beide, dass die Sache mit der Freundschaft nicht funktioniert."
„Dann gehe ich jetzt."
Lilly drehte sich um und ging zur Haustür, ohne ihre Umgebung wirklich wahrzunehmen. Es grenzte an ein Wunder, dass sie nicht ständig irgendwo aneckte. Sie öffnete die Tür und zog sie hinter sich zu. Nie zuvor war ihr aufgefallen, wie laut das Klicken war, wenn die Tür ins Schloss fiel. Der Ton schien ein Symbol zu sein, für das, was gerade geschehen war. Ein Abschnitt war zu Ende gegangen, eine Tür in ein anderes Leben hatte sich geschlossen, für immer. Kaum war dieser Gedanke in ihr aufgestiegen, als die Tür wieder aufflog und Imogen heraustrat. Sie schloss Lilly fest in die Arme.
Genau das hatte sie nicht tun wollen, ihr nachgehen. Doch auch sie hatte das Klicken des Schlosses gehört.

Panik war durch ihren Körper geströmt und ihre Beine hatten sich von alleine in Bewegung gesetzt. Selbst, wenn sich Lilly auf ihr Eheleben besinnen würde und die vergangenen Monate zu einer Frühlingserinnerung wurden, brauchte sie diese Umarmung. Eigentlich gerade dann, war es wichtig, dass es nicht mit einem Klicken endete.

Interpretationssache

Er hatte sie gesehen. Er hatte *es* gesehen. Das nach-Hause-kommen bereitete einem keine Freude, wenn man mitansehen musste, wie die eigene Frau in den Armen der Nachbarin lag. Eigentlich konnte er noch immer nicht glauben, dass Lilly auf Frauen stand, doch die Beweise schienen vor seiner Nase zu liegen. Trug sie solche Tendenzen in sich und musste sie unbedingt ausleben, war das nichts, was er unterstützte, trotzdem könnte er es unter Umständen verzeihen. Es öffentlich zu zeigen, auf der Straße, wo es alle Nachbarn mitbekommen konnten, war jedoch unverzeihlich. Sie setzte ihm vor der ganzen Welt Hörner auf. Was dachte sie sich nur dabei.
Gleich werde ich es wissen, dachte er, als Lilly in die Küche kam.
„Was um Gottes Willen ist mit dir los?“
Lilly war so überrascht von der Frage und Patricks Anwesenheit, dass sie nichts sagen konnte. Obwohl ihr auch ohne Überraschung das Reden schwergefallen wäre, da ihre Stimme überlagert wurde von Traurigkeit und dem Wunsch zu weinen.
„Sag mir ganz ehrlich, ist diese Imogen eine Lesbe?“
„Warum willst du das wissen“, fragte Lilly mit erstaunlich

klarer Stimme.
„Weil mir jemand auf der Vernissage gesagt hat, dass ihr beide etwas miteinander habt. Nach der Verabschiedung von gestern Abend und eurem Ringkampf von gerade, halte ich das für immer wahrscheinlicher. Seit ihr beide Lesben?"
„Sind wir nicht. Imogen schon, ich nicht. Oder vielleicht doch. Ich weiß es nicht. Ich weiß gar nichts mehr, außer dass ich unglücklich bin!", sagte sie und wurde mit jedem Wort lauter.
„Das bedeutet also, dass da etwas zwischen euch läuft! Ich verlange, dass das sofort aufhört. Keine Ahnung, was in dich gefahren ist, aber das endet jetzt", erwiderte er ebenso laut.
„Das Gefühl unglücklich zu sein, endet jetzt. Das finde ich ja großartig. Bekomme ich das alleine hin oder hilfst du mir dabei?"
„Was redest du denn da? Wenn du unglücklich bist, warum sagst du mir das nicht einfach. Deswegen musst du dich doch nicht als Lesbe austesten."
„Du interessierst dich einen Scheiß für mich! Deswegen kann ich es dir nicht einfach sagen. Oh Moment – ich habe es dir ja bereits mehrmals gesagt!", schrie Lilly.
„Tolle Ausdrucksweise. Wo kommt die plötzlich her, von deiner neuen Freundin?", entgegnete Patrick.
„Vielleicht bin ich ja so. Gefühle, Tränen, alles habe ich unterdrückt, es weggeschlossen, schließlich hätte es nicht in unsere kleine, perfekte Welt gepasst. Es hätte nicht zu dem perfekten Paar gepasst, oder? Aber waren wir das je? Wie perfekt kann man sein, wenn man im Grunde nichts

gemeinsam hat?!", fragte sie mit fester, verbitterter Stimme.
„Wenn du unglücklich warst, warum hast du dann nie etwas gesagt? Ich habe dich zu nichts gezwungen. Wir waren uns in allem einig. Also wirf mir nicht vor, dass ich unser Leben für perfekt gehalten habe. Ich war glücklich."
„Ich habe versucht es dir zu sagen, aber du hast mir nicht zugehört. Ich sage dir, dass ich unglücklich bin und du rätst mir zu einem Baby. Warst du wirklich glücklich? Hast du mich wirklich aufrichtig geliebt? Wenn du an mich denkst, rast dann dein Herz, zeichnet sich ein liebevolles Lächeln auf deinem Gesicht ab? Freust du dich darauf nach Hause zu kommen, freust du dich auf mich? Liebst du mich als Person oder nur die Vorstellung von mir, der ich nicht mehr entsprechen kann?"
„Willst du damit sagen, dass du mir all die Jahre nur etwas vorgespielt hast?"
„Ich habe *mir* all die Jahre etwas vorgespielt", sagte sie und blickte mit Tränen in den Augen zu Boden.
„Weil du lesbisch bist."
Lilly konnte nicht fassen, wie borniert dieser Mann war. Hörte er ihr eigentlich jemals zu? Das schien nicht der Fall zu sein.
„Ich habe mir all die Jahre etwas vorgemacht, weil ich versucht habe die perfekte Tochter, Freundin und Ehefrau zu sein. Ich hasse es Zuhause zu sein. Ich hasse die Hausarbeit. Ich würde lieber in der Stadt wohnen. Ich will kein Kind, noch nicht oder vielleicht nie. Smalltalk mit deinen Arbeitskollegen ödet mich an. Ich habe

studiert, was meine Eltern wollten. Und ich befürchte, ich habe dich geheiratet, weil wir ein perfektes Paar abgegeben haben. Alle haben es erwartet. Das sind einige der Gründe, eine Lesbe sein, gehört allerdings nicht dazu“, sagte sie und verließ die Küche.
Fassungslos sah er ihr hinterher, bis sie auf der Treppe verschwunden war. Was war das gewesen? Wer war das gewesen? Seine Lilly würde niemals einen solchen Unsinn reden. Litt sie möglicherweise unter einer psychischen Krankheit?
Er wusste genau, dass sie nicht krank war, aber es wäre ihm lieber gewesen. Erkannte er ihre geistige Gesundheit an, dann bedeutete das, ihre Ehe war am Ende. Schlimmer als das. Ihr gemeinsames Leben war eine Lüge.
Warum kann sie nicht einfach weiterlügen?
Er hatte bis jetzt nichts gemerkt, jedenfalls nicht viel, so hätte es die nächsten Jahrzehnte doch weitergehen können. Vielleicht wäre es durch Kinder besser geworden. Die Szene von der Gartenparty huschte durch sein Gedächtnis und ihm wurde bewusst, dass es Kinder auch nicht gerade gebogen hätten. Viel wahrscheinlicher wäre Lilly dem Alkohol verfallen. Alkohol war etwas, das er selbst gut gebrauchen konnte. Ein kleines Glas, um die Nerven zu beruhigen, mehr nicht. Bei dem Vorsatz blieb es jedoch nicht. Das erste Glas Scotch leerte er in einem Schluck, ebenso das zweite. Für die nächsten beiden ließ er sich ein bisschen mehr Zeit.

Alkohol macht mutig und dumm, was eine gefährliche

Kombination sein konnte, auch bei Patrick. Er hatte lange nachgedacht, so kam es ihm jedenfalls vor, und war zu dem Schluss gekommen, dass er seine Ehe retten konnte. Das einzige Problem, das sie hatten, war die neue Nachbarin.
Imogen öffnete die Tür und blickte in ein wutverzerrtes Gesicht. Noch bevor sie etwas sagen konnte oder auch nur im Ansatz begriffen hatte, was gerade vor sich ging, drängte er sie ins Haus und knallte die Tür zu.
„Schläfst du mit meiner Frau?"
Zumindest kam er schnell auf den Punkt, nichtsdestotrotz entsetzte sie die Frage dermaßen, dass sie nur stumm da stand und ihn anstarrte.
„Komm, das ist nicht so schwer zu beantworten. SCHLÄFST DU MIT MEINER FRAU?", brüllte er sie wütend an und seine Scotch-Fahne biss ihr in die Nase.
„Nein! Nicht mehr", antwortete Imogen vor Schreck.
„Nicht mehr? Du hast also! Du-hast-mit-meiner-Frau-geschlafen!", sagte er und tippte bei jedem einzelbetonten Wort gegen ihren Brustkorb.
Unwillkürlich wich Imogen zurück, versuchte sich dem recht schmerzhaften Antippen zu entziehen. Adrenalin strömte durch ihren Körper. Ihre Muskeln spannten sich, ihr Herz raste, sie war bereit zu flüchten oder zu kämpfen. In ihrem ganzen bisherigen Leben hatte sie sich nur einmal geprügelt und das als Teenager. Sie hielt nicht viel von Gewalt und hoffte, dass es Patrick ähnlich ging, auch wenn er im Moment den Eindruck machte, als würde er sie gleich in Stücke reißen.
„Wenn du ein Kerl wärst, würde ich dich grün und blau

schlagen."
Seine Knöchel knackten als er seine Hände zu Fäuste ballte. Es war ein furchteinflößendes Geräusch, das Imogen schwer schlucken ließ.
„Was hast du dir dabei gedacht, meine Frau zu verführen? Ist das ein Spiel bei euch Lesben? Ist das so etwas wie Jungfrauen-Knacken, nur mit Ehefrauen?"
„Sicher nicht! Es war nie meine Absicht…"
„WAS? Was war nie deine Absicht? Mir meine Frau wegzunehmen? Mich zum Volltrottel zu machen?", unterbrach er sie und rückte erneut einen Schritt näher.
„Das war nicht geplant. Zuerst habe ich ihr nur zugehört, weil sie unglücklich war und dann haben wir uns ineinander verliebt. Es war nie meine Absicht jemanden zu verletzen."
Patrick blieb stehen und Imogen rückte weitere zwei Schritte zurück, ein wenig mehr Abstand zu ihm und seinen Fäusten schien ihr eine gute Idee zu sein.
„Dann verlässt sie mich wegen dir?"
„Nein. Wir sind nicht … Nein!"
„Dann bleibt sie bei mir?", lallte er.
„Das weiß ich nicht", sagte Imogen und trat einen weiteren Schritt zurück. Vielleicht würde es ihr gelingen durch den Garten zu fliehen, sie musste nur genug Abstand zu ihm gewinnen. Kaum hatte sie den Plan gefasst, da stürmte er auf sie zu, schlang die Arme um ihren Hals und weinte los. Da wäre ihr ein Angriff fast lieber gewesen. Nicht recht wissend, was sie tun sollte, tätschelte sie seinen Rücken und konnte sich nur mit Mühe eine *Na-Na* verkneifen. Das war mit Abstand die

absurdeste Situation, in der sie sich je befunden hatte und davon gab es in letzter Zeit einige.
„Sie sagt, alles war eine Lüge", schluchzte er.
„Manchmal glaubt man so sehr an eine Lüge, dass sie zur Wahrheit für einen wird. Was bedeutet, dass sie zwar sich, aber eigentlich nicht dich angelogen hat", sagte Imogen und wusste nicht genau, ob ihre Worte überhaupt Sinn machten. Für einen Betrunkenen scheinbar schon.
„Dann war unser Leben keine Lüge. Ich habe nichts übersehen, weil ich gar nichts sehen konnte", sagte er, löste sich von Imogen, ohne jedoch ihre Schultern loszulassen und blickte sie hoffnungsvoll, schielend an.
„Richtig. Wenn es ihr selbst nicht bewusst war, konntest du auch nichts merken", stimmte sie ihm zu und log somit, dass sich die Balken bogen.
Patrick schien nicht der Mensch zu sein, der sein Verhalten gern reflektierte, zudem war sie froh, dass er sie nicht mehr erschlagen wollte, also blieb ihr nur eins, zustimmen.
„Es gab Anzeichen. Aber ich hatte zu viel um die Ohren, da habe ich sie übersehen."
So kann man sich irren, dachte Imogen. Diese Art von Einsicht hatte sie nicht erwartet. Schon wieder hatte sie sich nicht an ihre eigene Predigt gehalten. Der erste, zweite und sogar dritte Eindruck konnte trügen.
„Sie war eine gute Ehefrau, meistens. Es wird schwer sein, eine neue zu finden."
Manchmal trog der erste Eindruck doch nicht. Patrick ließ die Arme sinken, wobei er leicht schwankte, wischte sich über die Augen und schüttelte den Kopf.

„Das mache ich normalerweise nicht. Rumpöbeln und drohen. Normalerweise verlässt mich allerdings auch nicht meine Frau. Ich glaube zumindest, dass sie mich verlassen will."
„Geh nach Hause, leg dich hin und dann sprecht morgen in Ruhe über alles", sagte Imogen und drängte ihn sanft in Richtung Flur.
„Das wird wohl das Beste sein."
„Wird es", stimmte sie ihm zu, öffnete die Tür und schob ihn vorsichtig hinaus.
„Das hat auf eine verstörende Art gut getan", sagte Patrick und machte sich leicht wankend auf den Heimweg.
„Mir nicht", flüsterte Imogen, doch in Gedanken fügte sie ein fragendes *Oder* hinzu.
Von einem betrunkenen, wütenden Ehemann bedroht zu werden, hatte ihr zwar nicht gut getan, aber ihre Gedanken geklärt. So weh es ihr auch tat, es war die richtige Entscheidung gewesen, keine Beziehung mit Lilly einzugehen. So lange Lilly nicht wusste, wer sie war und was sie wollte, blieb die Gefahr bestehen, dass es Imogen in ein paar Monaten oder Jahren erging wie Patrick. Sie würde es nicht ertragen können, wenn Lilly anfangen würde sich für Dinge zu interessieren, nur weil Imogen das tat. Ebenso konnte sie darauf verzichten zuzusehen, wie Lilly Speisen zubereitete und aß, die sie nicht einmal mochte.
Patricks Auftritt hatte noch zu einer weiteren Einsicht geführt. Sie nahm ihr Portemonnaie aus der Tasche, die an der Garderobe hang und suchte nach der schwarzen

Visitenkarte mit goldener Schrift. Den Blick auf die Karte und die Telefonnummer gerichtet, ging sie zurück ins Wohnzimmer, schnappte sich das Telefon und wählte, bevor sich ihre Gemütslage verändern konnte. Es klingelte drei Mal und dann erklang eine betörende Frauenstimme.
„Sue, ich bins, Imogen. Können wir uns die Tage treffen?“

Mit einem nassen, kalten Lappen kehrte Lilly ins Schlafzimmer zurück, setzte sich vorsichtig auf die Bettkannte und legte ihn Patrick auf die Stirn. Ein leises Stöhnen entwich ihm. Sie hatte sich nach dem Streit in ihr kleines Reich zurückgezogen und geweint. Von Patricks Eskapaden hatte sie nichts mitbekommen, bis es schellte und ein ziemlich betrunkener Patrick vor der Tür stand. Sie hatte ihn nach oben gebracht, ausgezogen und mit Wasser in jeglicher Form versorgt. Nun saß sie neben ihm und fühlte sich wie ein Arsch. Womöglich gehörte er nicht zu den sensibelsten Menschen, das gab ihr jedoch nicht das Recht, auf seinen Gefühlen herum zu trampeln. Bei all den Dingen, die sie ihm an den Kopf geworfen hatte, musste selbst der Musterschüler Patrick ein bisschen durchdrehen. Es tat ihr nicht leid, dass sie ihre Gefühle ausgesprochen hatte, sondern wie. Das machte es zwar nicht besser, aber für sie selbst waren ihre Worte genauso schockierend gewesen. Niemand hörte gerne, nicht einmal aus seinem eigenen Mund, dass sein Leben hauptsächlich aus Schein bestand.
Patrick wusste wenigstens, was er wollte und mit

Sicherheit würde er es schnell wieder bekommen. Lilly fühlte sich hingegen im freien Fall begriffen.
Was wollte sie? Wie sollte sie es erreichen, was auch immer sie wollte?
Die größte Angst hatte sie vor sich selbst. Was, wenn sie endlich sie selbst wäre und sich überhaupt nicht mochte. Vielleicht war sie ein furchtbarer Mensch, wenn sie sich nicht an den Vorgaben der anderen orientieren konnte. Sie hatte nie darauf bestanden etwas zu unternehmen, was sie gerne mochte, womöglich, weil es nichts gab, was sie mochte. Talentfreiheit und Langeweile, was, wenn sie nur diese beiden Dinge finden würde?
„Du bist hier?", erklang Patricks sehr belegte Stimme neben ihr.
„Soll ich gehen?"
„Nein!"
„Es tut mir leid. Ich habe mich furchtbar benommen."
„Das stimmt, aber wir bekommen das hin. Es wird einige Zeit dauern, bis Gras über die Sache gewachsen ist, doch das wird es", sagte Patrick und richtete sich unter Stöhnen auf.
„Patrick, es tut mir leid, wie ich es gesagt habe. Das ändert jedoch nichts an den Dingen, die ich gesagt habe. Ich kann so nicht weitermachen. Morgen werde ich zu meiner Tante fahren und ein paar Tage, oder länger, da bleiben."
„Du willst mich wirklich verlassen."
„Ja", sagte Lilly und eine Träne ran über ihre Wange.
Ein zischender Laut entwich Patricks Lippen, als er den Kopf gegen das Ende des Bettes lehnte. Sein Kopf fühlte

sich wie ein Klumpen Lehm an, ein sehr empfindlicher Klumpen Lehm. Möglicherweise lag es an den Kopfschmerzen oder dem Restalkohol in seinem Blut, doch er verspürte weder Wut noch Verzweiflung. Sie hatte ihn gefragt, ob er sie jemals geliebt hatte. Das hatte er. Es war schön, wenn zuhause jemand auf einen wartete. Ebenso schön war das Gefühl zu wissen, dass da jemand war, auf den man sich verlassen konnte, der zu einem stand. Doch in den letzten ein-zwei Jahren war er gerne ohne sie unterwegs gewesen. Deutete das daraufhin, dass er sie nicht mehr liebte? Patrick glaubte es eigentlich nicht. Für ihn war es eine ganz natürliche Entwicklung. Nach einigen Jahren stellte sich ein leichter Überdruss in jeder Ehe ein. Davon ging er jedenfalls aus.
„Das ist keine leichte Entscheidung für mich gewesen. Ich glaube, es ist keinem von uns gegenüber fair, wenn wir weitermachen wie zuvor. Du hast jemanden verdient, der dasselbe Leben führen will, wie du“, sagte sie und drückte seine Hand.
„Was für ein Leben hast du verdient?“
„Kommt wahrscheinlich darauf an, wen du fragst. Ich denke, du wünscht mir im Moment nicht alles Glück der Erde für mein zukünftiges Leben. Ehrlich gesagt, weiß ich es nicht. Ich habe keine Ahnung, was ich wirklich will, was mir Spaß macht, worin ich gut bin.“
„Was hast du dann vor?“
„Trial and Error. Ich werde mich ausprobieren und hoffen, dass ich etwas finde.“

Eines musste man Patrick lassen, er war der perfekte

Mitarbeiter. Trotz brummenden Schädel und einer verdammt kurzen Nacht, hatte er sich den Tag nicht freigenommen. Sie hatten noch eine Weile geredet und waren dann nebeneinander sitzend eingeschlafen. Zum ersten Mal in ihrer Beziehung hatte er ihr wirklich zugehört. Zumindest empfand es Lilly so. Sie hatte sich gefragt, ob das ein Zeichen war, es noch einmal miteinander zu probieren. Ihr Herz hatte direkt verneint. Sie liebte Imogen, auch wenn die nichts mehr mit ihr zu tun haben wollte. Bei ihm zu bleiben wäre nur eine Flucht vor dem Neuen, vor sich selbst gewesen. Lilly hatte furchtbare Angst vor dem, was auch immer auf sie zukam, doch sie musste es ausprobieren, sie musste wissen, wer sie war.
Lilly nahm den Autoschlüssel, drehte sich noch einmal um und blickte in das leere Haus. Tränen stiegen ihr in die Augen, sie atmete tief durch, dann ging sie hinaus und schloss die Tür hinter sich. Das Wetter hatte sich entschlossen, doch noch ein bisschen Sommerfeeling aufkommen zu lassen und so erstrahlten die Häuser und Vorgärten im warmen Sonnenschein. Ein normaler Nachmittag in einer normalen Einfamilienhaus-Siedlung, an dem jeder seinen üblichen Beschäftigungen nachging. Lilly schloss die Augen und atmete tief ein. Etwas fühlte sich anders an. Es schien ihr eine Ewigkeit her zu sein, dass sie richtig atmen konnte. Sie öffnete wieder die Augen und ging zu ihrem Auto, darum bemüht nicht zu Imogens Haus zu blicken.
Der Wunsch, rüber zu gehen, sie zu fragen, ob alles in Ordnung sei, trieb sie schon den ganzen Morgen um.

Dem Wunsch nicht nachzugeben, kostete mehr Kraft, als ihr altes Leben zu verlassen. Imogen aufzusuchen, würde sicher wieder zu einer Szene führen und das wollte Lilly vermeiden.
Langsam fuhr sie die Straße entlang, starr geradeaus blickend, bis sie eine Bewegung aus dem Augenwinkel wahrnahm.
Und ob es eine Szene gegeben hätte, dachte Lilly, als sie die roten Pumps und die schwarzen, wallenden Haare erkannte.
Keine vierundzwanzig Stunden nach ihrem Gespräch stand Sue vor Imogens Tür und ließ sich von ihr sehr herzlich begrüßen. Diese Frau verschwendete wahrlich keine Zeit. Am liebsten hätte sie angehalten und wäre diesem Geier an die Gurgel gegangen, aber das war natürlich albern. Was konnte Sue dafür, wenn sich Imogen nun einmal für sie entschieden hatte.
Jetzt war sie wirklich frei. Frei von der Liebe, frei von Hoffnung auf eine Beziehung, frei von Illusionen.

Café-Geflüster

Nervös zupfte Lilly an ihrem Ohrläppchen rum. Imogen hatte zwar zugesagt und gehörte zu den Menschen, die ihr Wort hielten, trotzdem blieb die Angst, dass sie es sich anders überlegt hatte. Drei Monate waren eine lange Zeit, irgendwie.

Viel hatte sich verändert, bis auf die Gefühle, die sie für Imogen hegte. Sie waren weder verschwunden noch schwächer geworden, wenn überhaupt, dann hatten sie an Intensität zugenommen. Nachdem sie Sue vor Imogens Haus gesehen hatte, waren die Gefühle erst einmal Achterbahn gefahren. Wut über die Dreistigkeit und Imogens Verhalten hatte die Emotionen hochgepeitscht. Dann kam der Absturz in Form von Liebeskummer und Herzschmerz. Es war grauenvoll und zugleich, auf eine sehr abstruse Weise, gut gewesen. Sie hatte sich endlich wieder lebendig gefühlt und gleichzeitig die Frage klären können, ob sie der Typ für große Emotionen war. Laut ihrer Tante war sie das.

Ihre Tante war einfach nur großartig mit der Situation umgegangen. Sie hatte Lilly jedes Gefühl ausleben lassen. Als die Achterbahnfahrt vorbei gewesen war, jedoch kurz vor der nächsten Fahrt stand, hatte ihre Tante die Kirmes für beendet erklärt und Lilly auf die Beine geholfen. Das Verhältnis zu ihrer Familie war etwas schwierig, außer zu ihrer Tante, auch wenn sie sich selbst ihr gegenüber zuvor nie wirklich geöffnet hatte. *War wohl noch nicht die richtige Zeit dafür gewesen*, hatte ihre Tante gesagt und es mit einem Lächeln abgetan.

Über die richtige Zeit hatte Lilly viel nachgedacht und war immer wieder bei Imogen gelandet. War es der falsche Zeitpunkt gewesen? War es genau der richtige Zeitpunkt? Zeit hin oder her, sie liebte Imogen. Das war wahrscheinlich ziemlich dumm, vor allem, da Imogen sicher mit Sue zusammen war, doch sie konnte sich ihrer Gefühle nicht erwehren.

Wie ein Stalker war sie ein paar Mal an der Galerie vorbeigegangen, nur um einen kurzen Blick auf Imogen zu werfen. Es war kindisch, aber Lilly hatte nicht den Mut aufgebracht, hineinzugehen und mit ihr zu sprechen. Vielleicht war es auch noch nicht der richtige Zeitpunkt gewesen.

Imogen hatte Recht gehabt, Lilly musste erst für sich selbst ihr Glück finden. Sie war berauscht gewesen von der Liebe, von Imogen, doch was wäre geschehen, wenn der Rausch allmählich nachgelassen hätte? Hätte sie nach einem neuen Rausch gesucht, nur um sich nicht mit sich selbst beschäftigen zu müssen? Lilly konnte diese Fragen, die sie sich immer und immer wieder gestellt hatte, nicht beantworten. Im Grunde spielten die Antworten überhaupt keine Rolle, denn sie hatte sich entschieden, sich selbst kennenzulernen. Manchmal war es schwer zu sehen, wie weit sich Lilly von sich und ihren Interessen entfernt hatte. Manchmal war es schockierend, welche Abgründe in ihr herrschten. Dann gab es Momente, in denen sie nur Freude empfand. Das Kochen hatte ihr schon immer Spaß gemacht, doch seit sie den Kochkurs besuchte, den sie eigentlich nur angefangen hatte, um an den einsamen Abenden nicht durchzudrehen, wusste sie, dass es mehr war. Sie liebte das Kochen, es war eine Leidenschaft, eine Ausdrucksmöglichkeit und lecker. Schon früh hatte sie das Kochen von ihrer Mutter gelernt. Ihre Mutter war davon überzeugt gewesen, dass eine Frau, wenn sie denn heiraten wollte, die Grundlagen der Hauswirtschaft beherrschen musste. Männer mochten es, wenn man sie ein wenig bemutterte, zudem mussten Kinder in einem sauberen, ordentlichen Haus mit vernünftigem Essen aufwachsen. Diese Muss-Einstellung führte dazu, dass Lilly es als Selbstverständlichkeit ansah und nicht einmal im Entferntesten daran gedacht hatte, sie könnte eine talentierte Köchin sein. Doch scheinbar war sie genau das, zumindest nach Aussage ihres Lehrers. Lilly hatte sich all die Jahre für einen Menschen ohne Leidenschaften, ohne Talente gehalten. Aber das war sie nicht. All die Dinge waren in Vergessenheit geraten, begraben unter einem Haufen Selbstverständlichkeiten, Erwartungen und Glaubenssätzen. Sie hatte nie eine Entscheidung oder einen Glaubenssatz hinterfragt.

Frauen sollten kochen können!

Okay.

Lilly hatte die Dinge hingenommen, aus Vertrauen und Bequemlichkeit. Wenn ihre Eltern sagten, dass es richtig war, dann musste das stimmen, sie hatten schließlich keinen Grund sie zu belügen. Als sie etwas älter wurde, merkte sie, dass die Wahrheit ihrer Eltern nicht unbedingt auch die ihre sein musste. Doch dann kamen Liebeskummer, Verwirrung, Kämpfe und Angst. Daraufhin zog sie sich in die Ecke der Erwartungen zurück und leckte ihre Wunden. Den Erwartungen anderer zu folgen, macht möglicherweise nicht glücklich, gab jedoch Halt. Man weiß immer, wo es lang geht. Seinen eigenen Weg zu gehen, bedeutet Fehler zu machen, Wunden davon zu tragen, hinzufallen und von allein wieder aufzustehen. Lilly war nicht bereit gewesen diesen Weg einzuschlagen. Er hatte ihr zu viel Angst eingejagt und tat es eigentlich immer noch.

Lillys Herz machte einen Hüpfer, als sie über ihre Teetasse hinweg Imogen entdeckte. Mit langen Schritten eilte sie durch die Menschen. Ihr Mantel war offen, doch den Kragen hatte sie à la Sherlock hochgestellt. Das Blond ihrer Haare leuchtete im Grau des Tages. Die Stadt pulsierte, lebte, doch an Regentagen war sie einfach nur Grau. Selbst im Winter, wenn die Bäume kahl sind, ist es auf dem Land nie so grau wie in der Stadt. Ist man verliebt, sieht man alles ein bisschen anders. Der Mensch, den man liebt, erhellt die Dunkelheit, graue Regentage und trübe Gedanken.

Das Glöckchen an der Tür klingelte und Lillys Herz ließ spontan einen Schlag aus, den es durch zwanzig schnelle versuchte auszugleichen. Plötzlich war ihre Kehle völlig ausgetrocknet und ihre Hände schwitzig, obwohl sie vor einer Sekunde noch Eiszapfen ähnelten. Das Café war

Lillys Idee gewesen, da sie geglaubt hatte, ein neutraler Boden würde ihnen beiden mehr Sicherheit geben. Für sie galt das schon einmal nicht. Ihre Nerven flatterten und steckten die Hände direkt an.
„Hallo“, sagte Imogen und beugte sich zu einem Begrüßungskuss zu Lilly herunter.
„Hallo. Schön dich zu sehen. Wie geht es dir?“, fragte sie, wobei sich ihre Stimme fast überschlug.
„Ganz gut und dir?“, erwiderte Imogen lächelnd.
„Jetzt gerade bin ich ein nervliches Wrack. Ansonsten … ist soweit alles in Ordnung. Hattest du Probleme das Café zu finden?“
Applaus für das schlimmste Gefasel und die mieseste Frage aller Zeiten, hallte es in Lillys Kopf wieder. Das fing ja schon wieder richtig gut an. Sie hatte sich vorgenommen selbstsicher und eloquent aufzutreten, beides hatte sie nur knapp verpasst.
„Ehrlich gesagt kenne ich das Café ziemlich gut“, sagte sie und blickt zu der Kellnerin auf, die neben ihrem Tisch stehen geblieben war.
„Haben Sie schon gewählt?“
„Einen Cappuccino, möchtest du noch etwas?“
„Noch einen Tee. Schwarz, also Schwarzen Tee, ohne alles.“
Die Kellnerin lächelte freundlich und ging. Lilly schüttelte den Kopf, jetzt dachte auch noch die Kellnerin sie sei auf Speed.
„Gut, wo war ich stehen geblieben? Stimmt, das Café. Ich bin öfter hier. Die Galerie, in der ich jetzt arbeite, ist nur zwei Straßen entfernt.“

„Hast du wegen Fatima aufgehört?"
„Wegen …? Wie kommst du denn auf die Idee?", fragte Imogen, konnte sich aber schon denken, wie Lilly auf die Idee gekommen war.
„Sie stand oder steht auf dich und das ist ziemlich eindeutig. Auf der Vernissage hat sie mir deutlich zu verstehen gegeben, dass ich die Finger von dir lassen soll. Sue wird sich das wahrscheinlich nicht gefallen lassen."
„Sue? Was hat die jetzt damit zu tun?", fragte Imogen und wurde von Sekunde zu Sekunde verwirrter.
Lilly stutzte. Wollte Imogen nicht über sie reden oder hatte die neue Stelle nichts mit einer der beiden Furien zu tun?
„Scheinbar nichts."
„Richtig. Die Vernissage unserer Diva war solch ein Erfolg gewesen, dass diese Galerie, in der ich seit gut einer Woche arbeite, auf mich aufmerksam geworden ist. Das Angebot kam kurz nachdem du verschwunden bist. Fatima und Tim fehlen mir, aber sie kommen ohne mich gut zurecht. Diese Sache mit Fatima hat sich übrigens geklärt. Ja, sie war in mich verschossen und ja, sie hat dumme Dinge angestellt. Aber wir haben das geklärt. Ein kleiner Verkupplungsversuch von Tim war dabei sehr hilfreich. Fatima und Mika sind seine erste gelungene Verkupplung. Dumm nur, dass er meint, sein neues Talent der Menschheit zur Verfügung stellen zu müssen. Eine Vernissage ist nun auch noch eine Single-Börse."
„Darüber freut sich Sue sicher", sagte Lilly und kam sich vor, als wäre sie davon besessen den Namen dieser Schlange aussprechen zu müssen.

„Warum erwähnst du ...“, begann Imogen, unterbrach ihre Frage jedoch, als die Kellnerin kam und die Getränke abstellte.
„Danke sehr“, sagte Imogen.
„Danke.“
Imogen wartete noch einen Moment, bis die Kellnerin sich um die anderen Gäste kümmerte. Das Gespräch verlief sehr merkwürdig. Aber was hatte sie anderes von Lilly erwartet.
„Warum erwähnst du ständig Sue? Willst du mir irgendwas sagen?“
„Vielleicht willst du mir irgendwas sagen?“
„Ich möchte dir viel sagen, nichts davon hat allerdings mit meiner Ex zu tun!“
„Dann seit ihr wieder getrennt?“, fragte Lilly verblüfft.
„Wieder? Glaubst du, weil man sich einmal umarmt, ist man gleich ein Paar?“
„Deswegen nicht, aber weil man sich ein zweites Mal vor deiner Haustür umarmt.“
Bemüht nicht loszulachen, zogen sich Imogens Mundwinkel zuckend nach oben. Kleine Lachfältchen bildeten sich um ihre Augen, ihre Schultern bewegten sich leicht nach oben und unten. So sehr sie sich auch bemühte, sie konnte das Lachen nicht unterdrücken.
„Ist das so witzig?“
„Ja“, sagte Imogen und bemühte sich mit dem Lachen aufzuhören.
„Nachdem dein lieber Mann bei mir gewesen war, sind mir einige Lichter aufgegangen. Unter anderem habe ich eingesehen, dass du Recht hattest. Sue war nicht nur

aufgetaucht, um sich zu entschuldigen. Also habe ich sie gebeten vorbeizukommen, damit ich ihr das Bild geben konnte, welches ich von ihr gemalt hatte. Es war aus. Ich wollte sie nicht zurück und ich musste einen Schlussstrich ziehen."

„Das bedeutet also, dass du nicht mit Sue zusammen bist."

„Genau das bedeutet es. Aber warum ist das so wichtig?"

Der hatte gesessen. Gerade hatten ihre Füße den Boden verlassen, war sie zu einem Höhenflug gestartet, da schossen sie die Worte ab. Lilly hatte sich dermaßen auf Sue versteift, dass sie etwas viel Wichtigeres aus den Augen gelassen hatte.

Imogen!

Selbst, wenn sie sich kaum Chancen ausgerechnet hatte, war sie doch mit der Hoffnung zu dem Treffen gegangen, dass Imogen noch ein paar kleine Gefühle für sie hegte. Sie hatte Imogen sehen müssen, um Klarheit zu erlangen. Die hatte sie nun. Aber jetzt wollte sie sie nicht mehr. Auf die Einsicht, dass es zwischen ihnen endgültig aus war, hätte sie lieber verzichtet.

„Ist überhaupt nicht wichtig. Ich war nur neugierig", sagte Lilly und bemühte sich ihre Stimme nicht allzu brüchig klingen zu lassen.

„Dann bin ich jetzt mit neugierig sein dran. Wie geht es deinem Mann?", fragte Imogen und ihre Miene verriet nicht das kleinste Gefühl.

„Ich würde sagen, es geht ihm ziemlich gut. Vor zwei oder drei Wochen habe ich Stephanie, eine Arbeitskollegin von ihm, getroffen und sie hat mir

erzählt, dass er verdächtig eng mit Jasmine zusammenarbeitet. Stephanie war unglaublich lieb, sie beteuerte immer wieder, dass ich eine viel bessere Wahl sei als Jasmine."
„Muss ich etwa eifersüchtig werden auf diese Stephanie?"
„Wohl kaum, Stephanie ist glücklich verheiratet. Moment, warum solltest du denn eifersüchtig werden? Ich meine, eifersüchtig wird man doch nur, wenn man für den anderen etwas empfindet."
Imogen streckte die Hand aus, strich Lilly sanft über die Wange, beugte sich vor und küsste sie. Nur wenige Sekunden berührten sich ihre Lippen, doch war es der größte Genuss, den Lilly je empfunden hatte. Ein Stein fiel ihr vom Herzen. Erleichterung strömte durch ihre Nerven, auch wenn ihr Verstand noch völlig verwirrt war.
„Ich empfinde etwas für dich", sagte Imogen und setzte sich wieder.
„Aber, du hast … gerade… Du hast gesagt, Sue spielt keine Rolle. Du hast indirekt gesagt, dass du kein Interesse an mir hast", stammelte Lilly.
„Sue spielt keine Rolle. DU spielst eine Rolle, oder genauer gesagt, deine Entscheidung. Da dein Mann mit dieser Jasmine zusammen ist, gehe ich mal davon aus, du hast dich wirklich für dein eigenes Leben entschieden. Jasmine ist die mit den Brüsten, nicht wahr?"
„Ja das ist sie. Ich weiß nicht, ob sie seinen häuslichen Ansprüchen standhalten kann. Irgendwie sehe ich sie nicht als Hausfrau und Mutter. Wir haben die Scheidung bereits eingereicht. Er behält das Haus und ich bin nach Wandsworth gezogen. Ich versuche mein eigenes Leben

zu führen. Im Moment arbeite ich in einem kleinen Büro als Finanzberaterin", erzählte Lilly, bis Imogen sie mit einer gehobenen Hand unterbrach.
„Zu viele Informationen auf einmal. Du musst mir das nicht alles an den Kopf schmeißen, um mir irgendwas zu beweisen. Das hier ist kein Bewerbungsgespräch. Lilly, ich habe dich abgewiesen, weil ich Angst hatte dich zu verlieren, so richtig zu verlieren. Außerdem wollte ich, dass du glücklich wirst und ich war mir nicht sicher, ob du das mit mir werden könntest."
„Das weiß man nie. Man kann es nur hoffen. Ich bin verwirrt. Bedeutet das, wir können uns treffen und sehen, wohin uns das führt?", fragte Lilly.
„Das bedeutet, dass du die merkwürdigste, unberechenbarste und wunderbarste Frau bist, die ich je kennengelernt habe. Ich möchte mit dir zusammen sein. Ob in der Stadt oder auf dem Land, wo auch immer wir glücklich sind. Du machst mich wahnsinnig und ich liebe dich."

11575895R00136

Printed in Germany
by Amazon Distribution
GmbH, Leipzig